AF237338

Michael Dollinger

Der Atemzug vor dem Schrei

Kurzgeschichten, Lieder und Gedichte

Ich bin, wie ich werde.

Des Lebens Wille

Der furchteinflößende Anblick, der sich Rainer gerade bot, trieb ihm kalte Schauer über den Körper. Es fühlte sich an, als dehne sich das feuchte, modrige Grauen, das er empfand, soeben über seine Hautoberfläche aus. Den kalten Schweiß, der aus seinen Drüsen rann, spürte er zuerst an den Händen und auf dem Rücken. Da das Fenster hier in der Küche gekippt war, drangen Geräusche der Nacht in den Raum.

Mit entsetzt aufgerissenen Augen fixierte Rainer die Person, die vor ihm stand. Es war seine Frau, die mit blutüberströmtem Gesicht und einem Fleischermesser in der Hand an der Küchenzeile stand. Bisher hatte sie, auch auf seine Ansprache hin, ihren Kopf nicht in seine Richtung gewandt. Stattdessen schien sie sich auf die Pfanne, die sich vor ihr auf der Herdplatte befand, zu konzentrieren. Was genau in dieser brutzelte, hatte Rainer noch nicht erkannt. Woher der süßliche Geruch rührte, der ihm in die Nase stieg, wurde ihm erst auf schmerzliche Weise bewusst, als seine Frau ihre blutige, verstümmelte linke Hand auf das Schneidebrett legte. Sogleich setzte sie das Fleischermesser an einen der beiden noch verbliebenen Finger und trennte diesen ruckartig und unerbittlich von der Hand. Während ihr Blut aus der Wunde spritzte, schien die Frau nur gedämpfte Schmerzen zu empfinden – sie agierte wie in Trance. „Nein, hör auf!", schrie Rainer. Doch statt sie von ihrer grausamen Tätigkeit abzubringen, stand er nur wie vor Entsetzen gelähmt neben ihr. Mittlerweile war er gewohnt, auf die schreckliche Dynamik solcher Situationen kaum Einfluss nehmen zu können. Stattdessen wandte ihm seine Frau, nun zum ersten Mal, seit er in die Küche gekommen war, ihr blutverschmiertes Gesicht zu. Sie blickte ihm direkt in die Augen und sagte: „Das Essen ist fertig." Rainer taumelte zurück. Schnellstmöglich entfleuchte er dem Blick seiner Gattin in den Flur. Zügig, aber bemüht, nicht zu rennen, steuerte er auf das Nachtbereitschaftszimmer seiner Wohngruppe zu. Dort würde er auf seine Anfrage von einem Wohngruppenmitarbeiter eine Bedarfsmedikation erhalten.

Nach Einnahme der Medikamente ebbte Rainers psychotischer Zustand allmählich ab und machte einer lindernden Ermattung Platz.

Auf seinem Bett liegend, musste er dennoch wieder an den Unfall denken, der zum Tod seiner Frau und seines Sohnes führte. Die Schuld, die er daran trug, quälte ihn noch immer entsetzlich. Denn er war es, der den Wagen damals lenkte. Obwohl er selbst sehr müde gewesen war, ließ er es sich nicht nehmen, nach einer Feierlichkeit den weiten Nachhauseweg als Fahrer komplett selbständig zu bewältigen. Die wiederholten Angebote seiner Frau, ihn abzulösen, schlug er immer wieder aus. Als sich seine Augen dann doch irgendwann schlossen, nahm das Verhängnis seinen Lauf. Das Auto schoss eine Böschung hinab, bevor es jäh durch einen Baum gebremst wurde. Da der Aufprall an der Beifahrerseite erfolgte, erwischte es seine Frau am schwersten. Sie starb noch an der Unfallstelle. Der hinter ihr sitzende Sohn wurde im Schlaf überrascht. Er erlitt schwere Kopfverletzungen, denen er später im Krankenhaus erlag. Rainer hatte hingegen nur oberflächliche Schnittwunden und Prellungen davongetragen. Seine schlimmste Verletzung war die

Schuld. Weit über das Abklingen seiner körperlichen Blessuren hinaus quälte sie ihn noch immer. Durch ihre mächtige Präsenz war wohl irgendetwas in ihm aus den Fugen geraten, denn circa drei Wochen nach dem Unfall hatte Rainer zum ersten Mal in seinem Leben eine Halluzination erlebt.

Inzwischen hatte Rainer, der nun in einem psychiatrischen Wohnheim wohnte, viel Erfahrung mit seinen Halluzinationen. Während seiner grauenerregenden Visionen sah er stets die beim Unfall Getöteten, einzeln oder gemeinsam auftretend. Wenn er seine Schuld schon nicht tilgen konnte, wollte er sein Gewissen zumindest wieder etwas ins Lot bringen, indem er anderen Menschen Glück bereitete. Unter den gegebenen Umständen würde ihm hierzu allerdings nicht mehr allzu viel Zeit bleiben. Sein geschundener Körper bot schon jetzt genügend Grund zur Sorge. Wenn Rainer noch sein früheres Vermögen zur Verfügung gestanden hätte, hätte er längst in eine medizinische Generalüberholung investiert. Schließlich lebte er zu einer Zeit, in der der modernen Medizin enorme Möglichkeiten zur Verfügung standen. Gegenwärtig war es machbar, das Leben eines Menschen auf bis zu circa 230 Jahre zu verlängern. Wenn man die weiteren, in einer solchen Zeitspanne mit Sicherheit folgenden medizinischen Fortschritte einkalkulierte, konnte man sogar noch auf ein deutlich längeres Leben hoffen. Schon jetzt war es relativ unproblematisch möglich, verschlissene Organe rechtzeitig gegen gentechnisch erzeugten Ersatz auszutauschen. Darüber hinaus standen zahlungskräftigen Menschen noch viele weitere lebensverlängernde Maßnahmen wie beispielsweise gezielte und äußerst effektive

Zellerneuerungskuren zur Verfügung. Die Wissenschaft schwang sich zum Herrn über die Biotechnologie auf. Defekte und Fehlfunktionen wurden frühzeitig erkannt und die betreffenden menschlichen Bauteile erneuert oder wirkungsvoll wiederhergestellt.

Wie es aussah, würde Rainer allerdings kaum von den Segnungen der modernsten Medizin profitieren. Schließlich war eine medizinische Versorgung nach neusten Standards sehr kostspielig. Teilweise wurde sogar behauptet, die Preise hierfür würden aus politischen Gründen künstlich hochgehalten, da es noch keine tragfähigen Konzepte gab, dem ansonsten stark ansteigenden Bevölkerungswachstum sozialverträglich zu begegnen. Früher hätte sich Rainer alle nun so wünschenswerten medizinischen Eingriffe leisten können. Damals hatte er als Unternehmer den Kampf um Geld und sozialen Aufstieg, der unter der Aussicht auf ein deutlich verlängertes Leben noch stärker entbrannte, erfolgreich bestritten. Mit seiner Entmündigung und der Einweisung in die Psychiatrie wurde sein Vermögen jedoch einem zum gesetzlichen Betreuer bestellten Familienangehörigen anvertraut. Infolge dessen Raffgier ging fast Rainers kompletter Besitz durch riskante Geschäfte und Spekulationen verloren. Vom Übeltäter, der sich anschließend ins Ausland absetzte, erhielt der Geschädigte bislang nur einen Brief, in dem der reuige, inzwischen natürlich abbestellte Betreuer, um Verzeihung bat.

Mit Verlust seines Vermögens war Rainers Chance, einige hundert Jahre, ja vielleicht sogar noch länger zu leben, höchstwahrscheinlich unwiederbringlich vertan. So würde er es wohl nicht mehr erleben, wenn die Medizin vielleicht einmal in der Lage wäre, alle Komponenten des menschlichen Körpers entweder sukzessive auszutauschen oder schrittweise einer immer wieder von Neuem möglichen Zellerneuerung zu unterziehen. Als Bewohner eines psychiatrischen Wohnheims stand Rainer ziemlich fremdbestimmt am Rand der Gesellschaft, wo er aufgrund seines gesundheitlich angeschlagenen Körpers in nicht allzu ferner Zukunft wenig beachtet den Tod finden würde.

Es sei denn, es gelänge ihm, schlagartig an einen großen Geldbetrag zu kommen. Zu diesem Zweck ein Verbrechen zu begehen, schloss er jedoch aus. Schließlich waren im Bereich der Kriminalistik zuletzt ähnlich große Fortschritte erzielt worden wie in der Medizin. Seine einzige, wenn auch verschwindend geringe Chance, schnell an viel Geld zu kommen, war es, einen Medienerfolg zu landen. Rainer befand sich also in der misslichen Lage, auf einen Glücksfall hoffen zu müssen. Für solch einen Treffer war er bereit, seine komplette Freizeit zu opfern. Schließlich würde ihm nicht mehr sehr viel Zeit für eine medizinische Runderneuerung bleiben. Neben den beiden Dokumentationen, die er seit seiner psychiatrischen Einweisung gedreht hatte, arbeitete er gerade an einem Musikalbum, das er ebenfalls in Eigenregie produzierte. Die Vermarktung seiner Werke lief per Internet über spezielle Firmen, die auf Provisionsbasis risikolos entsprechende Dienste anboten. Um auf sich und sein Werk aufmerksam zu machen, hatte Rainer zahlreiche Ausschnitte aus seinen Dokumentationen ins Netz gestellt. Außerdem berichtete er in einem Videoblog aus seinem Leben. Hierbei setzte er auf schonungslose Offenheit und Authentizität. Auch über seine Vergangenheit und sein Bestreben, möglichst schnell viel Geld zu verdienen, berichtete er offen und ehrlich. Er ging sogar so weit, ein Spendenkonto einzurichten, auf das ihm wohlgesonnene Mitmenschen zu seinen Gunsten Geld überweisen konnten. Seine verzweifelte Lage hatte ihn dazu gebracht, Menschen darum zu bitten, ihn zur Erlangung eines Privilegs zu unterstützen, das den meisten von ihnen selbst verwehrt bliebe. Für Versteckspiele hatte er keine Zeit mehr. Er wollte – wie viele seiner betuchten Mitmenschen – auch einige hundert Jahre leben. Die hinzugewonnene Zeit wäre bezüglich seines Bestrebens, sein aus dem Ruder gelaufenes Leben wieder in positivere Bahnen zu lenken, ein Verbündeter. Schon im Zuge der letzten Monate hatte er deutlich seltener psychotische Zustände erlitten als zuvor. Es tat ihm gut, auf ein Ziel zuzuarbeiten. Wenngleich es ihm in seiner Position und in seinem Zustand anfangs nicht leicht fiel, wieder die Initiative zu übernehmen, spürte er nun die Kraft, die aus seinem Lebenswillen und seinem Bestreben, Positives zu bewirken, erwuchs. Gutes schuf er schon jetzt, indem er psychisch kranken Menschen durch seine Dokumentationen eine öffentliche Stimme verlieh und hierdurch auf viele ihrer nachvollziehbaren Anliegen hinwies. Seine mitfühlenden Werke erzeugten Verständnis für die Protagonisten. Nicht zuletzt hoffte Rainer, im Zuge der Debatte über soziale Gerechtigkeit, die momentan in den Medien tobte, eine dringend nötige und längst überfällige Diskussion über die speziellen, letztlich von der Gesellschaft auferlegten Lebensumstände psychisch Kranker loszutreten.

Um weiter Aufsehen zu erregen, hatte Rainer eine Satire über die Zweiklassenmedizin geschrieben. Zusammen mit einem anderen Bewohner wollte er diese unerlaubterweise auf dem Flachdach seines Wohnheims zur Aufführung bringen. Im Gegensatz zu den Mitarbeitern der Einrichtung hatte er sogar die regionale Presse sowie einige Bewohner hinsichtlich der geplanten Veranstaltung informiert. Die eingeweihten Mitbewohner hatten die Aufgabe, erst kurz vor Beginn der Aufführung möglichst viele Zuschauer zusammenzutrommeln.

Auch wenn Rainer überzeugt war, dass einer solchen, von Bewohnern eines psychiatrischen Wohnheims durchgeführten Aktion schnell vom betreuenden Personal auf ungebührende Weise ein Krankheitswert beigemessen würde, war er von selbiger absolut überzeugt. Schließlich würde es seine Wirkung bei den Zuschauern nicht verfehlen, wenn sie als psychisch Kranke wie Rockstars auf einem Dach stünden und vor einer Zuschauerschar in scharfsinniger Weise gesellschaftliche Missstände anprangerten, während das Personal der Einrichtung versuchte, sie vom Dach zu holen. Der Wirkung wegen hoffte Rainer sogar, sie würden schon kurz vor dem regulären Ende ihres Auftritts zwangsmäßig und zum Unmut der Zuschauer vom Dach geholt. Ein solches Video würde sich im Internet sehr gut machen. Vielleicht würde darüber hinaus ja sogar noch ein Artikel in der Zeitung erscheinen.

Dass die Presse keinen Artikel über ihre Aktion bringen würde, war Rainer klar, als er am Tag der Aufführung vom Dach des Wohnheims herab ausschließlich in ihm bekannte Gesichter blickte, von denen mit Sicherheit keines einem Zeitungsreporter gehörte. Wahrscheinlich war die Aktion von Mitarbeitern der Zeitung vorurteilsvollerweise nicht ernst genommen worden, da sie von psychisch Kranken ausging. „Doch sei´s drum", dachte sich Rainer, er würde ihnen in ein paar Tagen per E-Mail einen Link zum Video der Aktion schicken.

Als Rainer gerade einige einleitende Worte sprach, erschrak er. Unter den Zuschauern standen auf einmal seine Frau und sein Sohn. Die beiden Verstorbenen standen ganz still da und blickten einfach zu ihm herauf.

Rainer spürte sofort, dass diese Vision einen völlig anderen Charakter hatte als seine bisherigen. Die beiden ließen untypischerweise diesmal ihn agieren. Erwarteten sie irgendetwas Bestimmtes von ihm? Um Aufschluss zu gewinnen, bewegte sich Rainer an den äußersten Rand des Flachdachs. Er wollte unbedingt die Mienen der beiden erkennen.

Fatalerweise rutschte er dabei aus und stürzte in die Tiefe. Nachdem er hart mit dem Kopf auf dem Pflaster aufschlug, trübte sich sein Bewusstsein. Seine letzten Gedanken verdeutlichten ihm, dass er noch an Ort und Stelle sterben würde. Nun hätte ihm auch eine medizinische Runderneuerung nicht mehr helfen können.

Der Krieg ist in der Stadt

Vor der Tür von Peter Schmidt da stand ein Vertreter.

Krieg war dessen Name, sein Vorname Peter.

Schmidt, der nichts ahnte, der ließ ihn herein.

So trat der Krieg in seine Stube ein.

Gestatten, man nennt mich den grauenvollen Krieg.

Mit blutigen Händen verheiße ich euch den Sieg.

Ich säe Tod und Verachtung auf dem Felde der Welt,

doch einige von euch überhäufe ich mit Geld.

Refrain

Der Krieg ist in der Stadt, um uns Rätsel aufzugeben,

doch wer ein reines Herz hat, antwortet lieber dem Leben.

Schmidt, der sprach: ich werde dir nicht erliegen.

Die Menschen werden sich bald nicht mehr bekriegen,

denn du spukst nicht länger in unseren Köpfen herum,

dein Feldzug ist vorbei, ich bringe dich um.

Refrain

Der Krieg ist in der Stadt, um uns Rätsel aufzugeben,

doch wer ein reines Herz hat, antwortet lieber dem Leben.

Schon flüchtete der Krieg die Treppe hinauf,

ins Kinderzimmer, die Tür stand auf.

Es waren zwei Kinder darin, die es völlig schockierte,

als der Krieg von innen die Tür verbarrikadierte.

Refrain

Der Krieg ist in der Stadt, um uns Rätsel aufzugeben,

doch wer ein reines Herz hat, antwortet lieber dem Leben.

Schmidt stand draußen in rasender Wut.

Krieg komm heraus, dann vergießen wir Blut.

Widerstand ist zwecklos, ich werde dir nicht erlauben,

mir meine heiß geliebten Kinder zu rauben.

Refrain

Der Krieg ist in der Stadt, um uns Rätsel aufzugeben.

Doch wer ein reines Herz hat, antwortet lieber dem Leben.

Schmidt war verzweifelt, hier ging es nicht weiter.

Zur Rettung seiner Kinder holte er eine Leiter.

Er bestieg sie hastig in allergrößter Not.

Darauf fiel diese um und Schmidt, der war tot.

Refrain

Der Krieg ist in der Stadt, um uns Rätsel aufzugeben.

Doch wer ein reines Herz hat, antwortet lieber dem Leben.

Der Krieg war zufrieden, er hatte es wieder geschafft.

Ein weiteres Opfer war dahingerafft.

Die Methode war erprobt, neu war nur die Leiter,

dachte der Krieg und ging zum Nachbarn weiter.

Refrain 2

Der Krieg ist in der Stadt, um uns Rätsel aufzugeben.

Doch wer ein reines Herz hat, antwortet lieber dem Leben,

antwortet lieber dem Leben.

Erholung

Ich schlief des Nachts so wundervoll

in Träumen mich entfaltend,

die alle frei von Gram und Groll,

die Liebe in sich waltend.

Buße

Ich will dich leiden sehen,

selbstgerecht zu Grunde gehen.

Doch ich habe dich trotzdem gern,

darfst wieder auferstehen, sofern

nur einmal deine Augen flehen.

Wenn ich König von Hollywood wäre

Wenn ich König von Hollywood wäre, würde ich in meinem ersten Dekret unter anderem die Vorhersehbarkeit in Filmen ächten. Beispielsweise würden jene Regisseure streng bestraft, die in langatmigen Sequenzen ihre männlichen Hauptdarsteller kurzatmig zum Flughafen hetzen ließen, wo sie versuchten, in letzter Sekunde das Missverständnis aufzuklären, welches die engelsgleiche Angebetete veranlasst hatte, einen Flug nach Irland zu buchen, um dort ihr restliches Leben in einem katholischen Kloster in den Highlands zu fristen. Zusammen mit dem jeweiligen Drehbuchautor würden solch frevlerische Filmemacher zur Vergeltung gezwungen, persönlich zwei Monate lang in Altenheimen täglich fünf Aufführungen von „Dinner for one" zum Besten zu geben. Erschwerend käme hinzu, dass die hierbei zu leerenden Becher mit einem bitteren Runkelrübensirup gefüllt wären, der die Übeltäter noch Stunden später mittels plötzlicher rektaler Entladungen auf eine körperlich-metaphorische Weise mahnend an die Flüchtigkeit ihres filmischen Schaffens erinnern würde.

Außerdem müssten unter meiner Herrschaft die großen Kinoklassiker im entbehrungsreichen Kampf gegen die Routine zu Gunsten kreativer Verwirrung immer wieder neu synchronisiert werden. So wäre auch dem cinematophilen Gewohnheitsjunkie, der sich immer wieder an seinen Lieblingsfilmen labt, beizukommen. Man stelle sich solch einen Eintönigkeitsvojeur vor, der sich in seinem Kinosessel genüsslich darauf vorbereitet, zum x-ten Mal synchron zum Film die Worte „nein Luke, ich bin dein

Vater" zu sprechen. Zu seiner Überraschung würde auf einmal jedoch Folgendes aus den Lautsprechern tönen: „Chrrr … chhh … chrrr … chhh, nein Luke, ich bin der Schwippschwager deiner Tante."

Der bis eben noch penetrante Star Wars-Experte würde nie wieder wagen, während des Films mitzusprechen – womit schon einmal viel gewonnen wäre.

Andere Filme müssten zwecks einer künstlerischen Neubewertung sogar komplett neu abgedreht werden. In einigen Fällen würde es allerdings schon reichen, bestimmte Darsteller auszutauschen. Da Patrick Swayze für Tanzfilme ohnehin nicht mehr zur Verfügung steht, könnte in der Neuverfilmung von „Dirty Dancing" ein mit den Beinschienen von Forrest Gump ausgestatteter Gollum dessen Part übernehmen – der Filmtitel bekäme eine komplett neue Bedeutung. Die hierdurch in den Sümpfen von Mordor entstehende Vakanz könnte gleichwertig von Hugh Grant gefüllt werden. Denkbar wäre ein Sozialdrama, in dem Grant durch einen tragischen Unfall mit einer Prostituierten unbekannter Rasse – deren anatomische Attribute er nicht ganz korrekt eingeschätzt hätte – zum Eunuchen würde. Anschließend würde er unter dem Namen „Prinzessin Lillifee" mit einem sexsüchtigen Ork zwangsverheiratet werden. Während der Trauungszeremonie in einem billigen Stundenhotel am Fuße des Schicksalsbergs hätte Grant die Gelegenheit, eine tränenreiche, oscarreife Darbietung abzuliefern. Dazu müsste sein Weinanfall idealerweise während des Trauungsspruchs einsetzen: „Ein Ring, sie zu knechten" – uaah, schluchz.

Unter dem Einfluss des einen Rings mutierte Lillifee nach und nach zum rüpelhaften Vollum-Prollum, was Grant

wiederum für die Neuverfilmung von „Dirty Dancing 2"
prädestinierte.

Hinsichtlich des wohl von ihm erhofften Oscars müsste ich
ihn als König allerdings bitter enttäuschen. Schließlich
würde die Akademie den Preisträgern unter meiner Ägide
im Zuge einer radikalen Entglorifizierung nur noch
Essensmarken verleihen. Bester männlicher Hauptdarsteller
– eine Heringssemmel mit Zwiebeln. Beste Regie – Presssack
mit Sauerkraut. Die vielen Laiendarsteller, die sich dank
einer entsprechenden gesetzlichen Quote zahlreich in den
neuen Filmen tummelten, würden sich an einer
Eindämmung des wuchernden Starkults sicherlich kaum
stören. Ganz im Gegenteil, würde ein reinigender
Dilettantismus den Zeitgeist bestimmen.

Da den USA die monarchischen Wurzeln fehlen – mit Blick
auf welche sich übrigens andernfalls wohl so manche
reaktionär und fundamentalistisch auftretende
amerikanische Partei, ihre Werte betreffend, im Wortsinne
geadelt fühlen würde – wird es allerdings wahrscheinlich
niemals einen König von Hollywood geben. Wohl der letzte,
der einen vergleichbaren Status erreicht hatte, war der 1977
verstorbene Charlie Chaplin. Doch inzwischen sind die
wechselseitigen Beeinflussungsmöglichkeiten von
Filmindustrie und Politik deutlich geschwunden.
Sinnbildlich am Grabe von Orson Wells haben sich die
Amerikaner geschworen, strikt zwischen Fiktion und
Wirklichkeit – zwischen Film und Realität – zu
unterscheiden. So bleibt mir lediglich noch die Möglichkeit,
Gouverneur von Kalifornien zu werden – Hasta la vista,
Baby.

Tränen sickern schwarz aus meinen Augen

Tränen sickern schwarz aus meinen Augen,

die Sehnsucht flüstert schreiend in mein Ohr.

Während Umstandsparasiten an mir saugen,

tönt der ewigliche stumme Totenchor.

Wenn alte Panzer hier in neuen Farben strahlen

und die Zeit über uns faulende Stufen eilt,

tickt die Uhr der freudig bittersüßen Qualen,

da die Sehnsucht tief in ihrem Uhrwerk weilt.

Als ich die Gesichter meines Spiegelbilds erblicke,

lege ich meinem Mantel an und ziehe in die Welt.

Auf dass der raue Wind des Lebens mich erquicke,

hab ich die Menschen nun in meinen Dienst gestellt.

Wo die Farben satter Wiesen in mich dringen

und doch der Wüstendurst in meiner Kehle brennt,

werden alte Menschen junge Lieder singen

und die Zeit kreist um den Sinn, den sie nicht kennt.

Tränen sickern schwarz aus meinen Augen,

die Sehnsucht flüstert schreiend in mein Ohr.

Während Umstandsparasiten an mir saugen,

tönt mein innerlich Gesang und Freudenchor.

Wir, die Stufen

Millionen früherer Worte hallen uns in Geist und Emotion.

So lebt das Falsche in uns weiter, doch auch der Zeiten Lohn.

Und wird die Wahrheit auch niemals rasten in eines Menschen Geistes Haus,

so bilden wir doch die Stufen aus dem Hier und Jetzt hinaus.

Damals

Die Welt war noch fremd – Gefühle gedämpft.

Das Leben zeichnete mich – mit bunten Zeichen der Zeit.

Hab ich schon damals um die Liebe gekämpft?

Nun die Feder der Bewusstheit selbst zu führen bereit,

schütze ich die Zukunft, doch die Vergangenheit bleibt.

Die unfreie Entscheidung

Mit geballten Fäusten und gesenktem Haupt saß Tim Rogoff an eine der glatten, kunststoffartigen Wände seines Gefängnisses gelehnt. Zu seiner Linken saß Karl Vent auf einem der Sitzwürfel. Die Ellenbogen auf die Knie gestützt, schien sich sein Blick in irgendeiner Endlosigkeit zu verlieren. Rechts von Tim lag Anna Terim. Wenn sie bisweilen den Kopf hob, um zu Tim oder zu Karl hinüberzusehen, zeugten ihre geröteten Augen von den zurückliegenden, tränenreichen Stunden. Den Blick von Tim traf sie heute nur selten. Schon seit Vormittag kauerte dieser mit gesenktem Kopf oder dem Blick zur Wand auf dem Boden. Mit dem ihm auferlegten Schicksal hadernd, versuchte er sich, zumindest seine Körperhaltung betreffend, soweit als möglich abzuschotten. In einem nervösen Muskelzucken fand seine psychische Überspanntheit von Zeit zu Zeit einen physischen Ausdruck. Wieder und wieder fragte er sich, wieso die Kyribier gerade ihn ausgewählt hatten, diese verdammte Entscheidung zu treffen. Immerhin war Karl der Kapitän ihres Sternenkreuzers. Er befehligte ihre Erkundungsmission im saroischen Sternensystem, während welcher sie auf das fremdartige Schiff der Kyribier trafen. Als Kapitän war er es, der sich, während ihr Schiff vom Traktorstrahl der Kyribier erfasst wurde, darauf vorbereitete, die Korrespondenz mit den unbekannten Wesen zu führen. Doch nun hatten die Kyribier Tim dazu auserkoren, über das Schicksal der drei Menschen zu befinden.

Als Tim vom Geräusch der sich unvermittelt öffnenden Schiebetür aus seinen Gedanken gerissen wurde, verspürte er eine gewisse Erleichterung. Hoffnungsvoll klammerte er sich an jede Aussicht auf Veränderung der derzeitigen Lage. Die Stunden und Minuten, die er mit den eigentlich geliebten Mitgefangenen zu verbringen hatte, zogen sich qualvoll in die Länge. So war er fast schon froh, als er „Worz" in der geöffneten Schiebetür stehen sah. Worz war der Kyribier, der mit der Betreuung der drei Gefangenen betraut war. Wie die meisten der ihnen bisher zu Augen gekommenen, insektenartigen Kyribier war auch er hager und etwas größer als Tim. Seine schwarze, lederartige Uniform kontrastierte stark mit seiner rassetypischen bläulichen Haut. Seitlich an der Uniform steckte eine ehrfurchtgebietende Strahlenpistole in einem eingearbeiteten Halfter. Interessanterweise schienen neben den männlichen Kyribiern – wie Worz – auch die Kyribierinnen ausnahmslos buschige Bärte zu tragen. In einer anderen Situation hätte dieser Umstand für Tim und Karl, humoristisch gesehen, einiges hergegeben. Doch jetzt ging es ums nackte Überleben.

Worz deutete mit seinem dürren Finger auf Tim. Aus seinem von grobem Barthaar umrahmten Maul drangen die Worte: „Kwong quaruz dill mesicho arr". Intuitiv stand Tim langsam auf und ging vorsichtig zu Worz hinüber. Als er außerhalb des Gefangenenraumes an der Seite des Außerirdischen angekommen war, schloss sich hinter den beiden die Tür. Auf eine Geste des Kyribiers öffnete sich – vermutlich durch eine optische Erkennung – seitlich in dem langen Gang, in dem sie standen, eine Schiebetür. Dahinter kamen zwei Transportkapseln zum Vorschein. Worz bedeutete Tim, in eine der beiden zu steigen. Kurz nachdem

Tim eingestiegen war und sich die Luke hinter ihm geschlossen hatte, wurde die Kapsel offenbar in hohem Tempo durch ein langes, gewundenes Rohr gesaugt. Als sich die Kapsel anschließend wieder öffnete, blickte Tim in einen großen, langgezogenen und abgedunkelten Raum. Etwas erhellt wurde dieser Ort lediglich durch das friedvolle Licht der Sterne, die durch die entfernt liegende, gläserne Rückwand des Raumes zu sehen waren. Zu Tims Überraschung fand sich Worz nicht an seiner Seite ein. Er schien allein an diesem würdevollen Ort zu sein. Weshalb er sich mit Blick auf den erhabenen Sternenglanz einen Moment der Ruhe gönnte.

Doch die Ruhe wurde jäh durchschnitten. „Sork nim klerf wara …", drang es aus einer Ecke seitlich der Glasfront. „… Entschuldige – mein Fehler –, du willst mich ja verstehen", fügte der Sprecher nun in verständlichem Deutsch hinzu, nachdem er seinen farimschen Sprachwandler am Kragen seiner wallenden, grauen Robe eingeschaltet hatte. Jetzt erkannte Tim den Kyribier, den er im Dämmerlicht eben noch übersehen hatte. Es war Zorwok, ein wohl steinalter Vertreter seiner Gattung, der sich ihm gestern als „erster Smunk des Schiffes" vorgestellt hatte. „Was willst du?", fragte Tim, dessen Körper sich bei Zorwoks Anblick unwillkürlich spannte.

„Was ich will? Die Frage ist wohl eher, was du willst!", antwortete Zorwok süffisant.

„Ich will diese verdammte Entscheidung nicht treffen müssen."

„Wie gesagt, Tim, es liegt an dir. Entweder du opferst das Leben eines deiner Gefährten oder wir werden euch alle töten. Es ist und bleibt deine Entscheidung."

„Dann sag mir endlich, wieso du mich vor diese

abscheuliche Wahl stellst", hielt Tim aufgewühlt entgegen.
„Lieben alle Menschen die Klarheit so sehr wie du? Mein
Volk hält nicht viel von den illusorischen Verlockungen der
Eindeutigkeit. Deshalb liefere ich dir jetzt nur
Gegebenheiten und keine Ansatzpunkte zur
Entscheidungsfindung oder Rechtfertigung."

„Wieso muss diese Entscheidung getroffen werden?",
bohrte Tim nach. „Ist es Sadismus oder wollt ihr vielleicht
irgendwelche Experimente an uns durchführen?"

Zorwok, der circa um eine Kopflänge größer war als Tim,
war inzwischen aufgestanden und bewegte sich auf den
Erdenbewohner zu. Vor der Kulisse des gewaltigen
Raumfensters bot der im matten Sternenlicht bläulich
schimmernde Kyribier eine imposante Erscheinung. Seine
wallende Robe unterstrich die Anmut in seinen
Bewegungen. Ohne dass dies im Widerspruch zu seiner
grazilen Motorik gestanden hätte, sprach Zorwok mit festen
Gesichtszügen und ebenso fester Stimme: „Die spärlichen
Fakten, die du kennst, sind ausreichend, um eine
Entscheidung zu treffen. Dennoch möchte ich dir noch eine
weitere Möglichkeit gewähren. Anders als zunächst
besprochen kannst du nun auch dich selbst für das Leben
der beiden anderen opfern."

Tim verkrampfte innerlich. Zwar hatte er Anna und Karl
gegenüber versichert, er würde sich am liebsten selbst für
das Leben der beiden opfern, doch dies erschien ihm nun im
Lichte der Realisierbarkeit eher wie eine leere, rhetorische
Floskel.

Tim schwieg. Er spürte, wie sich seine Kiefermuskulatur
unweigerlich verkrampfte.

„Da ich sehe, dass du weiterhin zu keiner Entscheidung
fähig bist, entlasse ich dich wieder in deine Gedanken und

zu deinen Mitstreitern. Doch zögere nicht zu lange!" Den letzten Satz sprach Zorwok mit Nachdruck.

Der erste Smunk deutete auf die Transportkapseln, wo sich inzwischen auch Worz eingefunden hatte.

„Süße menschliche Freiheit, wie hart kannst du zuschlagen!", kam es Tim in den Sinn, als er sich in eine der Kapseln stellte. Zumindest schlug ihm die Situation auf den Kreislauf. Unter seinen bedrückenden Gedanken wurde ihm in der beengenden Kapsel übel.

Als er sich wieder etwas gefangen hatte, nahm er sich vor, Karl und Anna nichts von der neuen Möglichkeit, sich selbst zu opfern, zu erzählen. Sie sollten weiterhin glauben, einer von ihnen müsse in den Tod gehen.

Mit Grauen dachte Tim an die letzten Stunden zurück. Nachdem er seinen Gefährten gestern berichtet hatte, vor welche Wahl er gestellt worden war, hatten sie sich zunächst – wie gewohnt – bemüht, das Problem rational anzugehen. Doch je länger die vertrackte Situation auf sie gewirkt hatte, desto überbordender wurden ihre Gefühle. Innerhalb weniger Stunden durchlebten sie verschiedene Phasen, geprägt von Wut, Hass, Verzweiflung und Resignation. Zuletzt war jeder mit sich selbst beschäftigt, nachdem sie sich in stillschweigender Übereinkunft, zu einer Art Nichtangriffspakt durchgerungen hatten. Alles in Tim sträubte sich, wenn er daran dachte, zurück in den Gefangenenraum zu müssen. Er hasste es, wie ihn seine Freunde, mit Furcht und Hoffnung im Blick, flehend ansahen. Schließlich musste er die Hoffnungen eines der beiden aufs Bitterste enttäuschen und jenen ins Verderben schicken. Kurz, nachdem er das Herz des Unglücklichen bräche, würde selbiges seinen letzten Schlag tun. Wie könnte er nur mit dieser Bürde leben. Auf der einen Seite stand sein bester Freund, den er schon seit Kindergartentagen kannte, auf der anderen die Frau, mit der er beschlossen hatte, die Zukunft zu teilen. Unter den Seelenqualen, die ihn marterten, huschte ihm immer wieder der Gedanke in den Sinn, dem Leiden ein Ende zu bereiten, indem er sein eigenes Leben gäbe. Er drohte, an der Verantwortung zu zerbrechen.

Als sich die Transportkapsel öffnete, stand Worz bereits vor dem Gefangenenraum. Zu Tims Erstaunen gewahrte er auf dessen insektenhaftem Antlitz einen flüchtigen Ausdruck, den er als Mitleid deutete. Dies zu klären blieb allerdings keine Zeit, denn als Tim zu Worz getreten war, öffnete dieser auch schon die Tür und schickte ihn in die Zelle. Dort liefen seine Mitgefangenen sogleich hastig auf ihn zu. „Hast du eine Entscheidung getroffen?", bedrängte ihn Karl. „Nein", entgegnete Tim. Die daraufhin kurz aufflammende Erleichterung in den Gesichtern der beiden Todesbedrohten wich sofort einer nervösen Verzweiflung.

Die folgenden, mit frustrierenden Gesprächen und aufreibenden Streitigkeiten angefüllten Stunden zogen sich zäh dahin. Tim war froh, als Karl und Anna endlich etwas Schlaf fanden.

Am nächsten Morgen wurde Tim durch das Geräusch der sich öffnenden Schiebetür aus seinem leichten Schlaf gerissen. Vor der Tür stand Worz mit fünf weiteren, ebenfalls bewaffneten Kyribiern hinter sich. Mit ernster Miene und eingeschaltetem Sprachwandler begann er zu sprechen: „Die Zeit für deine Entscheidung ist abgelaufen! Wir werden euch alle töten!"

„Moment", begann Tim sich hastig zu verteidigen, „Zorwok hat mir keine Frist für die Entscheidung genannt!"

„Du solltest nicht erwarten, bei anderen Rassen eine menschliche Form der Logik anzutreffen", entgegnete Worz kühl.

Da fiel Karl in das Gespräch ein. Mit panischer Stimme schrie er schon fast: „Du kannst dich immer noch entscheiden, rette dich selbst und wenigstens einen von uns!"

Anna begann zu schluchzen.

Doch noch bevor Tim etwas zu sagen vermochte, wurden die drei Menschen von den Kyribiern in den Gang geschoben. Paralysiert ging Tim an der Seite seiner Gefährten vor seinen Peinigern den Gang entlang. Sie steuerten auf einen Raum am Ende des Ganges zu, dessen Eingangstür sich soeben geöffnet hatte. Im Raum angekommen, sahen sie eine große, kreuzförmige Vorrichtung mit vielen aufwändigen mechanischen Verschlüssen. Noch bevor sie das furchteinflößende Objekt etwas genauer betrachten konnten, packten zwei Kyribier Karl und zerrten ihn zu der Vorrichtung. Da sich dieser mit vollem Körpereinsatz wehrte, musste noch ein dritter Außerirdischer helfen, den kräftigen Mann auf der unheilverheißenden Apparatur zu fixieren. Doch in dem Moment, in dem Karl auf der Vorrichtung lag, hatte er bereits verloren. Ein ausgeklügelter Mechanismus verrichtete seinen Dienst. Unaufhaltsam schloss sich eine Vielzahl starker Fesseln und Verschlüsse um seinen Körper. Zuletzt schien es, als könne er nur noch seine Zehen und seine Gesichtsmuskulatur frei bewegen. In diesem völlig wehrlosen Zustand musste er mit ansehen, wie rechts neben ihm ein Greifarm aus der Maschine kam. Da er seinen Kopf nicht bewegen konnte, musste er seine vor Entsetzen geweiteten Augen allerdings ganz nach rechts drehen, um den Greifarm zumindest halbwegs beobachten zu können. Die chirurgisch feine pinzettenartige Zange am vorderen Ende des Greifarms konnte er aus seinem Blickwinkel dennoch nicht erkennen. Anna und Tim hatten hingegen freie Sicht auf das Geschehen. Das nackte Grauen packte die beiden, als sich das Werkzeug auf der Höhe von Karls Ohrmuschel positionierte. Karl gewahrte die Zange erst, als er spürte, wie sie sich langsam in seinen Gehörgang hineinbewegte. Von verzweifelter Panik ergriffen, stieß er markerschütternde Schreie aus. Anna schlug sich die Hände vors Gesicht. Sie wollte nicht mit ansehen müssen, wie ihr guter Freund auf grausame Weise hingerichtet würde. Tim stand der Schweiß auf der Stirn. Ihm war Verantwortung auferlegt worden. Vielleicht konnte er immer noch zwei von ihnen retten. Doch mit dem Tod von Karl wäre es wahrscheinlich zu spät für eine Entscheidung – die Vollstreckung von Zorwoks Urteil hätte bereits begonnen. Aus seiner Verzweiflung heraus schrie Tim: „Tötet ihn und lasst uns leben!"

Als die Worte seinen Mund verlassen hatten, sank er auf die Knie. Über seine Wange liefen die bittersten Tränen seines Lebens. Während er schluchzend am Boden kauerte, kamen ihm immer wieder glücksselige Erinnerungen an seine Kindheit, während der Karl fast immer an seiner Seite war, in den Sinn. Er sah, wie sie zusammen spielten, lachten und weinten.

Wenn er jetzt auf das Gesicht seines Freundes blickte, sah er in dessen Zügen einen qualvollen Seelenschmerz. Auch wenn Karl schon mit seinem Leben abgeschlossen hatte, zerbrach durch Tims Entscheidung in ihm etwas für ihn unermesslich Wertvolles. Für einen Moment waren die Worte, die auch durch Karls rechten Gehörgang zu ihm drangen, wichtiger als die sich hierin Richtung Trommelfell bewegende Zange.

Doch zum Erstaunen der Menschen stoppte der Greifarm plötzlich. Statt weiter vorzudringen, schien dessen vorderes Ende nun eine feine Schraubbewegung auszuführen. Zur Erleichterung der beiden menschlichen Beobachter waren dabei auf Karls Gesicht keine Anzeichen für körperlichen Schmerz zu erkennen. Anschließend bewegte sich das feine Werkzeug sogar wieder aus Karl heraus.

Überraschenderweise beförderte die Zange einen kleinen, schwarzen Gegenstand ans Licht.

„Was geht hier vor?", brach es aus Anna heraus.

„Wir holen uns nur zurück, was wir euch eingepflanzt haben", antwortete Worz knapp.

„Was ist das?", hakte die junge Frau mit Blick auf das winzige, rätselhafte Objekt nach.

„Das werden wir euch nicht verraten!", enttäuschte der Kyribier.

Da die drei die Standhaftigkeit von Worz inzwischen kannten, sahen sie davon ab, weiter nachzubohren. Die Objekte mussten ihnen eingesetzt worden sein, nachdem sie bei ihrer Gefangennahme betäubt wurden.

Anschließend ließen Tim und Anna die Prozedur zur Entfernung der unbekannten Gegenstände widerstandslos über sich ergehen.

Nachdem den Menschen drei identische, mysteriöse Objekte entnommen wurden, führten ihre kyribischen Bewacher sie in eine große Halle voller technischer Gerätschaften und Raumgleiter. Am Ende der Halle befand sich eine breite Schleuse, durch welche die Raumgleiter ankommen und abfliegen konnten. Links neben der Schleuse erstreckte sich eine breite Fensterfront, zu welcher Worz den Tross lotste. Dort angekommen bedeutete er den Gefangenen, nach draußen zu blicken. Wie die drei sehen konnten, schwebte das Raumschiff in großer Höhe in der Umlaufbahn eines Planeten mit einer rötlich-braunen Oberfläche.

„Unter uns seht ihr den Planeten Solem", erklärte Worz.

„Solem?", stieß Karl aus, „das ist eine unserer Kolonien! Schickt ihr uns zu den Menschen zurück?"

„Ja, nur wird euch der Zustand, in dem wir euch zurückschicken, nicht passen!", antwortete der Kyribier.

„Wir werden euch jeweils in einer Kapsel abwerfen und zusehen, wie ihr an der Oberfläche eures Kolonialplaneten zerschellt."

„Nein", schrie Anna hysterisch, „ihr könnt uns nicht einfach grundlos umbringen!"

Worz antwortete mit einem Fingerzeig, auf den hin die Frau von zwei Kyribiern gepackt und unter heftiger Gegenwehr in eine der drei in der Schleuse bereitstehenden Kapseln gesteckt wurde. Als nächstes wurde Tim unter vorgehaltener Waffe in eine Kapsel geleitet. Aus der engen Kapsel konnte er durch das Sichtfenster der Luke, die sich direkt nach seinem Einstieg verriegelt hatte, beobachten, wie Karl in die letzte Kapsel gezwungen werden sollte. Doch dieser suchte sein Heil im Angriff. Nachdem er blitzartig zwei Kyribier niedergeschlagen hatte, rannte er direkt auf einen der Raumgleiter zu. Überraschenderweise machte auch keiner der übrigen, verdutzt umherstehenden Kyribier Gebrauch von seiner Strahlenwaffe. Woraufhin Karl es tatsächlich bis in einen der Raumgleiter schaffte. Da er außerdem schaffte, die Tür hinter sich zu verriegeln, war er vorerst vor dem Zugriff seiner Verfolger sicher. So blieb ihm ein wenig Zeit, das Cockpit des fremdartigen Raumschiffes zu studieren. Wenngleich er keine Ahnung hatte, wie der Gleiter zu steuern sei, schien dieser seine einzige Chance zu sein.

Worz versuchte unterdessen, durch die Frontscheibe des kleinen Raumschiffes mit Karl zu kommunizieren. Seltsamerweise hatte er nun einen sehr milden Ton angeschlagen: „Warte, hör mir zu! Ich muss dir einiges erklären …"

Doch Karl hörte nicht zu. Überzeugt, dass die Kyribier bald einen Weg finden würden, ihn an der Flucht zu hindern, versuchte er, sein Leben zu retten. Intuitiv betätigte der erfahrene Raumschiffführer einige Knöpfe und Hebel. Kurz darauf setzte sich der Gleiter tatsächlich in Bewegung. Mithilfe eines Steuerknüppels, der den ihm bekannten Modellen gar nicht einmal unähnlich war, steuerte er in die Schleuse. Hinter ihm blieben die wild gestikulierenden Kyribier aus Sicherheitsgründen vor dem sich nun schließenden Innentor der Schleuse zurück. Sobald das Innentor geschlossen war, öffnete sich das Außentor. Bestürzt musste Karl mit ansehen, wie die Kapseln, in denen sich Tim und Anna befanden, nun durch eine Art Förderband zügig voran bewegt wurden. Da sich sein Raumgleiter unterdessen ebenfalls voran bewegte, blieb ihm keine Gelegenheit, die beiden zu retten. Um nicht selbst in den Tod zu stürzen, musste er sein Raumschiff irgendwie auf Geschwindigkeit bringen. Allerdings wollte ihm dies nicht richtig gelingen, weshalb sein Gleiter eher aus dem Mutterschiff stürzte als flog.

Anna und Tim rasten inzwischen im freien Fall auf den Planeten zu. Aus tränengefluteten Augen beobachtete Tim durch das Sichtfenster seiner Kapsel, wie Karl mit der

Steuerung des Gleiters um sein Leben rang. Er hoffte, dass sich wenigstens sein Freund retten könne.

Doch dessen Raumgleiter trudelte scheinbar führungslos auf den Planeten zu. Erst als das Raumschiff extrem an Geschwindigkeit zulegte, wurde für Tim das Eingreifen seines Freundes ersichtlich. Unglücklicherweise stieg mit der Geschwindigkeit nicht Karls Kontrolle über das Schiff. So raste dieser - zuletzt kopfüber – in den Tod.

Die Explosion auf der Oberfläche des Planeten, in der Karls Flucht endete, kündigte Tim auf erschreckende Weise sein eigenes Schicksal und das seiner Freundin an. Die beiden stürzten ungebremst in die Tiefe.

Doch mit einem Mal spürte Tim, wie der Sturz seiner Kapsel sanft entschleunigt wurde. Es schien, als würde sein Fallen durch entgegenwirkende Antriebsdüsen gebremst. Hastig versuchte er, durch das Sichtfenster Aufschluss über die glückliche Wendung zu gewinnen. Allerdings konnte er durch das schmale Fenster die Außenseite der Kapsel kaum begutachten. Auch Annas Kapsel befand sich außerhalb seines Sichtfeldes. So hoffte er, der Fall seiner Freundin würde ebenfalls gebremst.

Schließlich setzte Tims Flugobjekt sanft auf der Planetenoberfläche auf. Als es sicher stand, öffnete sich die Einstiegsluke. Eilig kletterte er ins Freie, wo er erleichtert sah, wie die Kapsel seiner Freundin eben auf dem Boden aufsetzte. Wie er richtig vermutet hatte, waren ausgefahrene Düsenantriebe für die behutsame Landung verantwortlich. Als Anna aus der Kapsel trat, war Tim schon zu ihr gerannt. Weinend schlossen sie sich fest in die Arme.

Auch zehn Monate später war Tim bezüglich der grauenvollen Begegnung mit den Kyribiern noch relativ ratlos. Auf die ausführlichen Berichterstattungen bei seinen Vorgesetzten hatte er lediglich eine finanzielle Entschädigung und drei Wochen Sonderurlaub erhalten. Viel wichtiger wäre ihm gewesen, die Öffentlichkeit über den Vorfall zu informieren. Dies wurde ihm jedoch unter großem Druck verboten.

Inzwischen hatten die Menschen in Rekordzeit wirtschaftliche Beziehungen zu den Kyribiern aufgebaut. Besonders der Technologietransfer war für beide Rassen sehr gewinnbringend. Bei allen positiven Aspekten der Kooperation gab es allerdings immer wieder unbestätigte Gerüchte, wonach die Kyribier von Zeit zu Zeit Menschen entführten oder anheuerten, um Experimente durchzuführen, in deren Verlauf sie mithilfe von Messinstrumenten, die sie den Probanden eingepflanzt hatten, deren Hirnströme maßen. Das kam Tim ziemlich bekannt vor. Doch wozu benötigten die Außerirdischen Daten über menschliche Hirnströme während einer solch grauenhaften, existenziellen Extremsituation, wie sie sie erleben mussten? Tim war beunruhigt.

Mit Anna lebte er inzwischen nicht mehr zusammen. Obwohl sie das gemeinsam durchgestandene Ereignis in gewissem Sinne verband, hatten sie sich durch die eindringliche Erfahrung der akuten Bedrohung ihres Lebens doch in verschiedene Richtungen entwickelt. Gräben, die zuvor schon latent zwischen ihnen bestanden, weiteten sich infolge der individuellen Entwicklungen beider in Liebesfragen zu unüberwindlichen Hindernissen.

Was den Verlust seines besten Freundes betraf, hatte Karl von einer Firma, die er in kyribischem Besitz wusste, kommentarlos einen Geldbetrag erhalten. Diesen hätte er allerdings liebend gern wieder zurückgegeben, wenn ihm dafür im Gegenzug jemand hätte glaubhaft bescheinigen können, dass er seinen Freund nicht schon vor dessen Tod verloren habe.

Propheten

Sie haben zu allem eine Meinung.

Füllen Worthülsen mit Bedeutung.

In ihren Worten bündeln sich die Werte,

gezeugt in längst vergangener Zeit.

Traue ihnen nicht, den falschen Propheten,

denn falls du es tust, wirst du Götzen anbeten.

Ein Leben voller Worte, ein Leben voller Lügen,

Menschen bemerken kaum ihr eigenes Betrügen.

Gesäugt aus abgestandenen Ideen

verbreitern sie ausgetretene Wege,

vererben die Ängste unserer Ahnen –

eingefärbt von ihrem Geist.

Sie sind Weltenreiter auf den Wogen des Geistes,

gespült von Emotion an die Strände der Zunft.

Der Steuermann bestimmt die Route, so heißt es,

doch sind sie meist Treibgut auf ihrem Floß der Vernunft.

Es gibt keine objektive Wahrheit,

hinterfrage stets die Welt.

Denn getrieben von der Masse

dringt die Lüge in dich ein.

Kannst ihnen nicht trauen, doch wer steckt in dir?

Bist du wirklich du oder bist du schon wir?

Du kannst dir nicht glauben, doch du solltest dich lieben,

denn deine eigene Wahrheit liegt dir in den Trieben.

Deine Wahrheit kannst du nicht teilen,

sie zeigt sich nur für dich.

Dein Leben ist ihr Kontext,

sie passt nur dir allein.

Doch traue mir nicht, ich bin einer der Propheten,

denn falls du es tust, wirst du Götzen anbeten.

Ich bin keiner der Wahrheit güldener Boten,

ich bin Jünger des Trugschlusses wie die anderen Idioten.

Seife

Ich schreite durch die Tür,

hinter der ich heiß die Sehnsucht spür.

Dahinter sitzt ein Greis,

tief gebückt, die Haare weiß.

Aus seinen Augen tief und schwer,

quillt ein tosend Tränenmeer,

das auf sein Tagebuch sich gießt

und durch Tintenwort fließt.

Darauf schenke ich ihm Trost,

was den Greis sehr stark erbost.

Denn er braucht mein Mitleid nicht

und spuckt mir mitten ins Gesicht.

Worauf den Spucker ich mir greife

und ihn schlucken lass die Seife.

Zufriedenheit liegt in der Luft

Die bestens erprobte Vertrauenswürdigkeit, die sich in den Zügen seines Sandkastenfreundes manifestierte, veranlasste Jan, entgegen der Anweisung des Gruppenvorstandes mit einem Außenstehenden über das aktuelle Projekt der Gruppe zu sprechen. Nachdem Jan unter Hinweis auf die zu erwartende politische Tragweite der bevorstehenden Aktionen von Hendrik – dieses Thema betreffend – unbedingte Diskretion eingefordert hatte, begann er zu berichten.

„Vor ungefähr elf Monaten gründete ein im Telekommunikationsbereich tätiger Wissenschaftler eine Gruppe mit dem Namen ‚Leben in geistiger Vielfalt'. Der Gelehrte rief die konspirative Vereinigung ins Leben, nachdem er mit einem geheimen Projekt der Regierung in Berührung gekommen war. Wie er erfahren hatte, war es im Auftrag der Bundesregierung agierenden Wissenschaftlern gelungen, über einen Sender rätselhafte elektromagnetische Wellen abzuschicken, die bei den bestrahlten Menschen Gefühle der Zufriedenheit auslösten. Inzwischen kam es so weit, dass infolge eines verborgenen Handels mit den großen Telekommunikationsanbietern bundesweit flächendeckend Handymasten mit der hierfür notwendigen Technologie ausgerüstet wurden, wodurch die Regierung quasi in der Lage ist, auf Knopfdruck die Gefühle ihrer Bürger in Richtung Zufriedenheit zu lenken. Laut einigen Professoren meiner Gruppe führt dauerhafter Einsatz der Technologie mit hoher Wahrscheinlichkeit zu gesundheitlichen Langzeitschäden. Überdies wurde die Sendelast der neuen Strahlung in den letzten zwölf Monaten kontinuierlich gesteigert. Wenn du dein letztes Jahr Revue passieren lässt, wirst wahrscheinlich auch du zu dem Schluss kommen, dass du relativ zufrieden warst."

„Das stimmt sogar, bei mir lief es sowohl jobtechnisch als auch privat ziemlich gut; was ich aber nicht auf irgendwelche ominösen elektromagnetischen Wellen zurückführen würde", antwortete Hendrik.

„Völlig ausschließen kannst du eine solche Wirkung allerdings auch nicht, denn wie du weißt, können auch subtile Veränderungen weitreichende Folgen haben – insbesondere im biochemischen Bereich. Wenn ich dir beispielsweise nun schmerzfrei und von dir unbemerkt ein Stückchen deines Gehirns nehmen würde, hättest du dadurch anschließend noch längst kein Bewusstsein für die daraus resultierenden Störungen. Ganz im Gegenteil, würde es unter dem tiefen Eindruck deiner Vergangenheit ziemlich lange dauern, bis du die Störungen wirklich als gegeben annehmen würdest. Im Hinblick auf die neue Technologie kommt erschwerend hinzu, dass wir eher von einem schleichenden Prozess als von einem akuten Ereignis sprechen können."

„Doch was bezweckt die Regierung mit den Strahlen?"

„Das wissen wir leider noch nicht. Viele Motive wären möglich: Machterhalt, Abfederung unpopulärer Entscheidung, Selbstbereicherung – keine Ahnung."

„Und was wollt ihr in dieser Angelegenheit unternehmen?"

„Wir werden die verborgenen Machenschaften der Regierenden ans Licht zerren; werden ihren Machtmissbrauch offenlegen. Wichtig ist uns, dass die revolutionäre neue Technik nur zum Wohle der Allgemeinheit weiterentwickelt und eingesetzt wird."

Zwei Monate nach ihrem Gespräch konnte Hendrik in den Medien verfolgen, dass es der Gruppe „Leben in geistiger Vielfalt" tatsächlich gelungen war, die mysteriöse, häufig lapidar als „Zufriedenheitsbestrahlung" bezeichnete Praktik aufzudecken. Während sich verantwortliche Politiker und Wissenschaftler in Erwartung gerichtlicher Klagen in Untersuchungshaft wiederfanden, entbrannte in den Medien eine emotionsgeladene Diskussion um die neue, inzwischen abgeschaltete Technologie. So gab es viele Menschen, die sich kategorisch gegen jegliche direkte Einflussnahme auf das natürliche und individuelle Erleben von Menschen wandten. Andere waren gegenüber der neuen Technologie aufgrund der vermeintlich positiven Effekte, die sie unter der Strahlung zu verspüren schienen, weit weniger ablehnend eingestellt. Ein besonders kühner Philosoph erklärte während einer Fernsehdebatte, die Existenz der Technologie, auf die sich die Zufriedenheitsbestrahlung stütze, nähre die menschliche Sehnsucht, dem Hamsterrad der Evolution zu entkommen. Die menschliche Spezies sei möglicherweise bald an einem Punkt angelangt, an dem sie selbst weitreichend über ihre emotionale Ausrichtung befinden könne. Dies hätte vermutlich zur Folge, dass sich durch Reduktion negativer Gefühle der Fortschritt, der oft aus einem Aufbäumen gegen eben solche Gefühle entstünde, verlangsamen würde. Nun, da abzusehen sei, dass die auf stetiges Wachstum abzielende evolutionäre Prägung des Menschen ungebremst wohl irgendwann auf verheerende Weise in einer Sackgasse münden würde, sei zu diskutieren, ob sich der Mensch, jetzt, da er die Möglichkeit dazu in Händen halte, nicht das Recht nehmen solle, sich zumindest ein Stück weit aus der Abhängigkeit von seinen naturgegebenen Emotionen zu lösen, um dieser Dynamik zu entrinnen.

Ein pragmatisch denkender Teilnehmer der Gruppe fügte vergleichsweise einförmig hinzu: „Außerdem war die Kriminalitätsrate während der Zufriedenheitsbestrahlung im Schnitt deutlich niedriger als sonst."

Nachdem sich die Widerstreiter der neuen Technologie gegen die ihrer Meinung nach gesundheitsschädigende, eine gefährliche Lethargie heraufbeschwörende Praktik der Zufriedenheitsbestrahlung und für die ausgereifte menschliche Natur ausgesprochen hatten, endete die hochrangig besetzte Debatte ohne ein signifikantes Ergebnis.

Hendrik war unterdessen von Jan zu einer Feier eingeladen worden, in deren Rahmen die politisch linksorientierte Gruppe „Leben in geistiger Vielfalt" ihren Erfolg über das Establishment feierte.

An einem ungleich trostloseren Ort fand sich der Minister, der sich für den Einsatz der neuen Technologie verantwortlich zeichnete, wieder. Er befand sich in Untersuchungshaft.

Von einem Beamten nach seinen Motiven für den flächendeckenden Einsatz der neuen Technik befragt, antwortete er: „Ich spürte, dass in der Technik, auf der die Zufriedenheitsbestrahlung basiert, die Möglichkeit schlummere, meinen tiefsten politischen Überzeugungen einen Weg zu bereiten. Nach Jahrzenten politischer Tätigkeit kehrte ein längst verloren geglaubter Idealismus zu mir zurück. Ich sah plötzlich die Chance, über die Emotionen der Menschen für unsere Zukunft dringend notwendige ökologische und soziale Weichenstellungen vorzubereiten. Es eröffnete sich mir die Möglichkeit, meinem Land einen wertvollen Dienst zu tun."

„Doch wieso", fragte der Beamte, „haben sie nicht versucht, hierzu zunächst die nötige demokratische Legitimation und politische Rückendeckung einzuholen?"

„Sehen sie, innerhalb eines geheimen staatlichen Projektes hatte ich einen geschützten Rahmen. Zwar musste auch ich gezwungenermaßen finanzielle Interessen Einzelner bedienen, doch dies wird mit den Verfahrensweisen, die der nun folgende, wirtschaftlich ausgerichtete Sturmlauf auf die Technologie provozieren wird, nicht zu vergleichen sein. Im Übrigen wird ein Einsatz der neuen Technik nun kaum mehr zu verhindern sein. Schließlich lehrt uns die Vergangenheit, dass es dort, wo das Machbare auf das wirtschaftlich Lohnenswerte trifft, auch politisch kaum mehr ein Halten gibt. Ein passendes Beispiel hierfür liefert uns die Mobiltelefonie. In Bezug auf dieses Thema wurden gesundheitspolitische Erwägungen immer wieder konsequent zu Gunsten finanzieller Interessen unter den Tisch gekehrt. Die Macht ballt sich eben dort, wo das Geld sitzt.

Ironischerweise hätte ich durch eine weitere bedenkliche Technologie – über die Emotionen der Bürger – vielleicht die Möglichkeit gehabt, das Denken, das zum Raubbau an Mensch und Natur führt, zumindest teilweise in gesündere Bahnen zu lenken …"

„Interessant, doch für heute ist unsere Gesprächszeit leider schon um", unterbrach der Staatsdiener. „Wir werden morgen an dieser Stelle weitermachen. Ich begleite sie noch zu ihrer Zelle."

In seinem beengenden Gefangenenraum angekommen,

legte sich der Minister aufs Bett. Nachdem er hörte, wie der Schlüssel im Schloss gedreht und anschließend abgezogen wurde, nahm er einen etwas klobigen Discman zur Hand und drückte auf „Play". Doch es ertönte keine Musik, denn bei dem vermeintlichen Discman handelte es sich, was die Justizvollzugsbeamten nicht wussten, um einen getarnten Sender. Mit der neuen Technik bestückt, war dieser in der Lage, Zufriedenheitsstrahlung auszusenden. So musste der Minister etwas schmunzeln, als er sich dachte, „glücklich ist, wer seine Unfreiheit selbst wählen kann".

Du musst mir deine Seele überlassen

Eines Nachts vernahm ich dumpfes Klopfen an meiner Tür.

Das Grauen eilte meine Schläfen hinauf.

Mein zuckendes Hirn fand keine Erklärung dafür.

Doch ich riss die Tür adrenalintrunken auf.

Draußen stand in mir kaum erträglicher Ruh

ein Mensch aus Metall, der bis ins Detail aussah wie ich.

Dieser grässliche Cyborg zwinkerte bleiern mir zu.

Erschreckend, wie er mir durch mein Spiegelbild glich.

Er sprach:

Refrain

Du musst mir deine Seele überlassen.

Ich bringe sie an einen Ort, wo der Frost sie nicht packt.

Kein Auge wird sie dort jemals erfassen,

in ihrer edlen Schönheit, völlig schutzlos und nackt.

Sonst wird sie bald fallen im Krieg um Macht und Geld.

Wo Konzerne wüten in unstillbarer Gier,

die ihre Waffen richten auf die Armen der Welt.

Die Rolle des treuen Soldaten, die gebührt dann dir.

Refrain

Du musst mir deine Seele überlassen.

Ich bringe sie an einen Ort, wo der Frost sie nicht packt.

Kein Auge wird sie dort jemals erfassen,

in ihrer edlen Schönheit, völlig schutzlos und nackt.

Die Konfession zieht sich instrumentalisiert an dir empor.

Sie verkauft dir ihre lähmende Angst.

Verschmitzt lächelt sie hinter tausend Masken hervor.

Also entfliehe ihren Häschern, solange du noch kannst.

Refrain

Du musst mir deine Seele überlassen.

Ich bringe sie an einen Ort, wo der Frost sie nicht packt.

Kein Auge wird sie dort jemals erfassen,

in ihrer edlen Schönheit, völlig schutzlos und nackt.

Du hast völlig Recht, doch meine Seele, die bleibt hier.

Daraufhin schlug er mich mit blanken Fäusten nieder.

Die Welt ist nun mal ein gefährliches Revier.

Doch auch beim nächsten Besuch, da öffne ich wieder.

Die Ewigkeit im Moment

Die Sehnsucht in mir singt seltsame Lieder.

Nach der Berührung deiner Haut sehne ich mich wieder.

Lass den Klang deiner Stimme in meinem Geiste ertönen,

denn ich möchte mich mit meinen Trieben versöhnen.

Der Moment liegt vor mir, in einem Bett voller Rosen.

Draußen vor der Tür hör die Stürme ich tosen.

Ich halte mich fest an deinen liebenden Augen.

Wie können sie uns nur unsere Ewigkeit rauben.

Doch der Moment ist bereits aus deinem Gesichte gewichen.

Heimlich hat sich der Frühling zwischen uns geschlichen.

Die Boten des Beginnens sind weitergezogen.

Wie bittersüß hat der Schein doch getrogen.

Im Technikmuseum

Vorkommende Personen: Vater Thomas, Mutter Sandra und der zehnjährige Sohn Pascal.

Endlich war es soweit; schon seit Wochen hatte sich Pascal auf den Ausflug ins Technikmuseum gefreut. In seiner Fantasie hatte er sich ausgemalt, darin klingonische Raumkreuzer und mannshohe fernsteuerbare Kampfroboter vorzufinden. So war er etwas irritiert, als er sah, dass das Museum nach außen durch eine auf dem Dach montierte Dampfmaschine repräsentiert wurde. Doch Pascal war guter Dinge. Seiner Vorstellung nach lag nur ein kurzer Entwicklungsweg zwischen der Dampfmaschine und Captain Buzz Lightyears Raketenrucksack.

Vater Thomas freute sich hingegen schon mehr über den Anblick der rostigen Maschine auf dem Dach. Weil er deren technisches Prinzip kannte, hätte er auf Fragen seines Sprosses bezüglich selbiger ausnahmsweise einmal glänzen können. Ausnahmsweise, da die Fragen seines Sohnes ihn in letzter Zeit viel zu oft genötigt hatten, sich etwas aus den Fingern zu saugen. Diese Tatsache, in Kombination mit dem Anblick der Kolben-Wärmekraftmaschine – diese alternative Bezeichnung für eine Dampfmaschine wollte er bei der erstbesten Gelegenheit anbringen – erinnerte ihn an einen Spruch seiner Frau Sandra. Sie hatte einmal gesagt, die heiße Luft, die er an jenem Tag erzeugt hätte, hätte locker gereicht, um eine Dampfmaschine so zu betreiben, dass sie mit der hierdurch gewonnenen Energie zwei Wochen lang im Fernsehen den Dokukanal hätten sehen können. Auf diese Weise hätte er zumindest ein klein wenig zur Bildung des gemeinsamen Sohnes beitragen können. Natürlich wies Thomas seine Frau umgehend darauf hin, dass eine Dampfmaschine nicht mit heißer Luft, sondern, wie der Name schon nahelege, mit heißem Dampf funktioniere. Außerdem könnten sie auch so jederzeit den Dokukanal sehen. Worauf Sandra erwiderte, sie sammle schon Stoff für den nächsten Eheberatungstermin. Die bevorstehende Sitzung würde ihm seine ewige Klugscheißerei schon austreiben.

„Ist die Kolben-Wärmekraftmaschine nicht toll?", wollte Thomas gerade fragend anmerken, als er von seinem Sohn auch schon ins Museum gezogen wurde. Er nahm sich vor, zumindest beim Hinausgehen scheinbar spontan eine Lobrede auf James Watt und die herausragende Rolle der Dampflokomotive bei der Erschließung des nordamerikanischen Kontinents zu halten.

Im ersten Ausstellungsraum angelangt, steuerte Pascal auf einen Computer von 1976 zu. Aus der Ferne hatte er noch gedacht, bei dem klobigen Gerät handle es sich um eine Mikrowelle mit Tastatur. Ein Gerät, welches möglicher- und praktischerweise sofort über Twitter Tausende von Leuten informiere, dass man sich gerade den preisreduzierten Bohneneintopf von Aldi auf 100 °Celsius erwärme. Was das Durchschnittsniveau der auf Twitter geposteten Nachrichten zweifellos anheben würde.
Als Pascal jedoch, aus der Nähe betrachtet, auf dem Gerät das gleiche Logo identifizierte, das auch auf seinem iPhone prangte, wusste er, dass es sich bei dem sperrigen Kasten um ein multifunktionales Alleskönnergerät mit einer eingeschworenen Fangemeinde handeln musste. Wenn das

Gerät also dank einer App auch als Mikrowelle zu benutzen wäre, würde es vermutlich sogar die Hobbys der Geschwister der Erntehelfer, die an der Herstellung des gerade erwärmten Bohneneintopfs beteiligt waren, auf Twitter posten. Apple – immer einen Schritt voraus. Thomas, der schon Zeiten erlebt hatte, zu denen Dieter Bohlen noch Freunde hatte, wusste hinsichtlich der technischen Möglichkeiten des alten Geräts besser Bescheid als sein Sohn. Immerhin hatte er gefühlt selbst seine besten Jahre mit dem Betrachten von „Loading-Balken" und virtuellen Sanduhren vertan. Tragischerweise hatte er in diesem Moment mit Blick auf seine Frau das Gefühl, diese Zeiten des stumpfsinnigen Wartens hätten trotzdem noch zu seinen besseren gehört. Durch diesen Gedanken in Rage geraten, erklärte Thomas seinem Sohn: „Die grafischen Darstellungsmöglichkeiten dieses völlig veralteten PC ähneln übrigens frappierend dem Schminkverhalten deiner Mutter. Wo sonst eigentlich feine Linien und Schwünge sein sollten, findest du nur grobkörnige Kleckse. Früher habe ich mich auch damit zufriedengegeben. Damals war es normal, dass Supermann in Computerspielen mittels fünf kleiner Vierecke dargestellt wurde. Aber inzwischen … weißt du, leider kann man nicht überall den Prozessor austauschen."

„Du chauvinistisches Machoschwein!", blaffte Sandra zurück, „du bist ein noch schlimmerer Quadratschädel als der Supermann aus dem Spiel, von dem du sprichst. Quadratschädeltechnisch bist du quasi eine Mischung aus Hermann Munster und Spongebob Schwammkopf – bloß ohne Muskeln und ohne Nutzen für den Haushalt. An deinen Ecken kann man sich einfach nur stoßen!"

Pascal ging indes in den nächsten Ausstellungsraum. Er hatte ein schlechtes Gewissen, sich den Ausflug ins

Technikmuseum gewünscht zu haben, obwohl eigentlich schon im Vorfeld abzusehen war, dass seine Eltern bei einer solchen Gelegenheit wieder aneinandergeraten würden. Seine einzige Möglichkeit, lindernd auf die Situation einzuwirken, sah er darin, dafür zu sorgen, dass sie die Museumsbesichtigung möglichst schnell hinter sich brächten. Schließlich würden die Familienmitglieder erfahrungsgemäß zuhause durch ihre Fernseher endlich wieder in einen friedvollen Trancezustand gewogen werden.

Die gierigen Mäuler in den Nischen unserer Zeit

Einst erwachte ich in einer Wüste,

wo früher Dschungel war,

welcher mein Leben mir versüßte,

doch nun fehlte er ganz und gar.

Eine innere Leere war aus mir entwichen

und verschlang das bunte Treiben.

Das Leben schien komplett verblichen,

ich durfte wohl als einziger bleiben.

Refrain

Es lauern gierige Mäuler in den Nischen unserer Zeit.

Doch wähle mit Bedacht, welche von ihnen du nährst.

Sei zum Kampf gegen die maßlosen bereit,

denn die kostbarsten sterben, wenn du ihnen ihr Futter
verwehrst.

Ich sehnte mich nach treuen Küssen

und nach Worten, die das Herz erfüllen.

Doch ich spürte, mich gedulden zu müssen,

die Welt schien sich in völlige Leere zu hüllen.

Refrain

Es lauern gierige Mäuler in den Nischen unserer Zeit.

Doch wähle mit Bedacht, welche von ihnen du nährst.

Sei zum Kampf gegen die maßlosen bereit,

denn die kostbarsten sterben, wenn du ihnen ihr Futter
verwehrst.

So ersann ich für mich aufregende Bilder,

die nach und nach in die Welt übertraten.

Um mich herum wurde es wilder und wilder,

aus meinen Gedanken erwuchs ein prächtiger Garten.

Es lauern gierige Mäuler in den Nischen unserer Zeit.

Doch wähle mit Bedacht, welche von ihnen du nährst.

Sei zum Kampf gegen die maßlosen bereit,

denn die kostbarsten sterben, wenn du ihnen ihr Futter verwehrst.

Meine Sehnsucht hat mir so jene Freude beschert,

die ich während des Diktats des Alltags niemals besessen.

Doch es ist die Angst vor dem Alltag, die mein Herz fast verzehrt,

denn bekanntlich hat dieser schon so manche Sehnsucht gefressen.

Refrain

Es lauern gierige Mäuler in den Nischen unserer Zeit.

Doch wähle mit Bedacht, welche von ihnen du nährst.

Sei zum Kampf gegen die maßlosen bereit,

denn die kostbarsten sterben, wenn du ihnen ihr Futter
verwehrst.

Tanz in kalter Nacht

Ich spüre Atome in mir tanzen, während Feuer an mir frisst,
bin ein flackernder Gedanke, den der Denker bald vergisst.

Ich bin Prediger des Wahnsinns, bitte schenk mir deine
Tränen
und dann tanz mit mir, mein Mädchen, Du brauchst dich
nicht mehr zu schämen.

Das erlöschende Universum soll heute von unseren Schreien
beben,
denn wir, die dem Tod geweihten, zelebrieren nun das
Leben.

Liebe Triebe

Die Liebe beinhaltet Triebe.

Was wäre, wenn es bei Liebe ohne Triebe bliebe?

Wäre dies besser als Triebe ohne Liebe?

Diese Frage, die bliebe.

Sag mir wann und sag mir wo

„Ach Mädchen, weshalb stehst du denn schon wieder am Zaun und starrst in die Einöde?" Als Smirda mir auf meine Bemerkung hin den Kopf zuwandte, zeugten ihre geröteten Augenlider von der anhaltenden Traurigkeit, die sich inzwischen in ihr Gemüt gefressen hatte. Ihre rechte Hand krallte sich in den Maschendrahtzaun, als müsse sie sich festhalten, um nicht von ihren bedrohlich herumwabernden Gefühlen in einen siedenden Orkus der Finsternis gerissen zu werden. „Tobay, die Welt verspottet uns. Ihre Weite zeigt uns die eigene Begrenztheit auf. Mit den Gedanken in der Ferne klammern wir uns an ein Leben in der Enge." „Smirda, zunächst geht es nur darum, unser Leben zu erhalten. Wenn uns dies gelingt, wird es sich früher oder später wieder glücklichere Wege bahnen".

Blende

Als ich den Mech-Anzug anlegte, musste ich an Smirda denken. Wie gerne würde auch sie für einige Stunden der beklemmenden Enge des Lagers für einen Erkundungsgang entfliehen. Ich hätte viel dafür gegeben, sie wenigstens einmal mitnehmen zu dürfen. Doch leider musste sie sich mit meinen Schilderungen nach Beendigung des Erkundungsganges begnügen. Einmal konnte ich ihr jedoch ein Gänseblümchen ins Lager schmuggeln, welches sie seither getrocknet und gepresst in ihrem Tagebuch verwahrt. Seit die Aliens gelandet waren, diese rätselhafte Seuche über uns brachten und wir uns zu unserem Schutz in einem eilig errichteten Lager verbarrikadierten, dessen komfortabelsten Unterkünfte Wohnmobile darstellten, war es bis auf Weiteres nicht gestattet, Dinge aus der Außenwelt mit ins Lager zu bringen – zu aggressiv war die Seuche. Wie wir uns hingegen verhalten würden, sobald die eilig zusammengerafften Vorräte aufgebraucht wären, war noch nicht absehbar. Der Gedanke an diesen erbarmungslos drohenden Tag erfüllte uns alle mit Schauern.

Entgegen meinen Weisungen wich ich beim heutigen Erkundungsgang ein weiteres Mal etwas von der vorgegebenen Route ab. Zu groß waren die Neugier und die Hoffnung, um sich mit den immer wieder selben chemischen Proben zu begnügen. Es musste doch endlich irgendetwas Nützliches über das rätselhafte Kraftfeld in Erfahrung zu bringen sein, das sich nach der Landung der Aliens auftat. Etliche Mal hatte ich weite Distanzen entlang der undurchdringlichen Außenhülle zurückgelegt. Fest stand dadurch lediglich, dass das Kraftfeld ein riesiges Gebiet umgrenzen musste ... Selbst die eingebauten Waffensysteme meines Mech-Anzugs waren nicht stark genug, um die Oberfläche der fremdartigen Hülle auch nur ansatzweise zu verletzen. Jede Form einwirkender Gewalt schien sofort absorbiert zu werden. Nachdem wir uns intensiv mit der Frage beschäftigt hatten, ob wir durch das Kraftfeld aus- oder eingegrenzt würden, deutete inzwischen vieles darauf hin, dass wir uns knapp außerhalb eines von den Aliens aus irgendwelchen Gründen umgrenzten Gebietes befanden – wobei die Frage nach dem Innen oder Außen noch nicht mit letzter Sicherheit geklärt war. Immer wieder wurden Mutmaßungen angestellt, ob es nun günstiger sei, sich innerhalb des Kraftfeldes zu befinden oder außerhalb ... Vielleicht würden wir ja schon bald einen

Ort finden, an dem unsere drahtlosen Übertragungstechniken nicht gestört würden. Dies würde uns die Möglichkeit geben, wichtige Informationen einzuholen – sofern es dann noch Überlebende der wuchernden Seuche geben würde, die uns mit solchen versorgen könnten.

Als ich gerade wieder einmal vor dem Kraftfeld stand, als könne ich ihm durch bloßes, angestrengtes Betrachten sein Geheimnis entlocken, breitete sich etwas entfernt darauf plötzlich wellenartig eine Verfärbung aus. Noch bevor das zarte Schimmern nachließ, machte ich mich rasch zum Zentrum des sich ausbreitenden Impulses auf. Dort angekommen konnte ich nach Verblassen der Aktivität jedoch keine Veränderung der Oberflächenstruktur feststellen. Doch schon breitete sich in der anderen Richtung ein neuer Impuls aus. Ich trat ein Stück zurück, um einen größeren Ausschnitt beobachten zu können. Festen Willens, Aufschluss hinsichtlich des Ursprungs der ungewohnten Aktivität des Kraftfeldes zu gewinnen, starrte ich es konzentriert an. Ich starrte und starrte, doch nichts regte sich. In dem Moment, als ich mich gerade abwenden wollte, sah ich plötzlich einen Strahl auf das Kraftfeld treffen. Rasch drehte ich mich in die Richtung um, aus der der Energiestrahl gekommen sein musste. Vor Schreck schien sich jeder Muskel in meinem Körper zu verkrampfen. Etwa zwanzig Meter hinter mir stand ein Alien mit einer Strahlenwaffe in der Hand. Seine grüne, reptilienartige Haut schimmerte in der Sonne. Aus rot unterlaufenen Augen starrte es mich grimmig an. Ich blickte zurück und achtete dabei darauf, keine ruckartigen Bewegungen zu machen. Da ich die Stärke seiner Waffe nicht kannte, konnte ich nicht einschätzen, ob ich es auf einen Kampf hätte ankommen lassen können. Einerseits bot mir mein Mech-Anzug zwar einen gewissen Schutz, andererseits ging dieser Vorteil klar zulasten der Beweglichkeit, die durch den Anzug doch merklich eingeschränkt wurde. Falls die Strahlenkanone des Aliens stark genug war, den Mech-Anzug zu durchschlagen, hätte es somit insgesamt mir gegenüber einen Vorteil gehabt. Jedenfalls schien es sich seiner Sache sehr sicher zu sein. Lässig ließ es die Kanone sinken. Spielerisch wiegte es die herabhängende Waffe in kreisenden Bewegungen hin und her, ohne mich dabei aus den Augen zu lassen. Ich hielt seinem Blick stand. Schließlich hatte das Alien diese absurde Szene heraufbeschworen – weshalb ich fand, dass es an ihm war, den entscheidenden Handlungsimpuls zu geben. Bislang kam es aber nicht über bohrendes Starren hinaus – hierin war es zugegebenermaßen aber ziemlich gut. Ohne auch nur kurz den Blick abzuwenden, sahen wir uns unverwandt in die Augen. Nachdem wir einige quälend lange Momente auf diese Weise zugebracht hatten, setzte sich das Alien auf einen großen Felsbrocken. Gerne hätte ich es ihm gleichgetan, konnte in meiner unmittelbaren Umgebung aber keine passende Sitzgelegenheit ausmachen. Und auf den Boden wollte ich mich nicht setzen, da ich dann mit dem schweren Mech-Anzug am Körper im Ernstfall erheblich an Reaktionsgeschwindigkeit eingebüßt hätte. Also blieb ich stehen – und kam mir dabei etwas blöd vor. Nun gemütlich sitzend, setzte das Alien sein Starren fort. Um die Absurdität der Situation zu brechen, ergriff ich schließlich das Wort, stellte mich mit Namen vor und fragte das Alien nach seinem. Nicht ohne zuvor eine lange Pause eintreten zu lassen und diese mit grimmigem Starren zu füllen, antwortete mir das Alien ausschweifend in seiner Sprache, von der ich natürlich kein Wort verstand. Seinen Namen hat es mir aber wohl nicht gesagt. Was folgte, war wiederum Schweigen und Starren. Als ich ein weiteres Mal dazu ansetzte, versuchsweise einige Worte an das Alien zu richten, unterbrach es mich, indem es eine schuppige Hand hob und einige schmatzende Laute folgen ließ, mittels derer es meine Aufmerksamkeit einzufordern schien. Zu meinem höchsten Erstaunen fing es plötzlich zu singen an: „Sag mir, wo die Blumen sind, wo sind sie geblieben? Sag mir, wo die Blumen sind, was ist geschehen?"

Nun stand ich vollends verdattert da. Ich fand mich hier in einem Mech-Anzug einem Vertreter einer unbekannten reptilienartigen Alienrasse gegenüber, die vermutlich gerade dabei war, die Erde zu unterjochen, und bekam von diesem eine skurrile Version des Marlene Dietrich-Klassikers „Sag mir, wo die Blumen sind" geboten. Die Absurdität der Szene, in deren Zentrum ein Alien stand, das zu seinem inbrünstigen Gesang affektiert eine Strahlenpistole schwenkte, war kaum zu überbieten.

„Sag mir, wo die Blumen sind, Mädchen pflückten sie geschwind. Wann wird man je verstehen, wann wird man je verstehen?"

Als ich nach der Darbietung vorsichtig zu klatschen begann, stellte ich dem Alien gegenüber eher fragend fest: „Sag mir, wo die Blumen sind – Marlene Dietrich!?" Meine eigentliche Frage, die ich damit auszudrücken versuchte, wäre aber eigentlich die gewesen, was das Ganze denn nun sollte. Vom Alien erhielt ich aber erst einmal wieder nur sein grimmiges Starren aus rot unterlaufenen Augen. Angesichts meiner totalen Verwirrung konnte es den Ernst der Situation diesmal aber nicht lange halten. Seine

Mundwinkel entgleisten ihm zu einem Schmunzeln, gefolgt von einem kurzen Lachen. Nun gab es sein Pokerface komplett auf. Als das Alien dann in klar verständlicher Sprache die folgenden Worte an mich richtete, hatte ich die endgültige Gewissheit, dass es mich die ganze Zeit verarscht hatte: „Na, mein Junge, soll ich dir noch was von Nation of Ulysses singen?"

Blende

Nachdem ich Gelegenheit hatte, mich mit dem Alien auszutauschen – es nannte sich Satoru –, hatte ich eine folgenschwere Entscheidung zu treffen. Immerhin ließ mir Satoru zuvor einige Zeit, die möglichen Konsequenzen meines Handels zu bedenken. Als Entscheidungsgrundlage hatte ich von dem fremdartigen Wesen einen kurzen Überblick über die Situation erhalten. Wie Satoru mir offenbarte, gehörte er einer Spezies von einem weit entfernten Planeten an, die sich Margoruul nannte. Das oberste Ziel der Margoruul war das Streben nach Erkenntnis. Zu diesem Zweck durchstreiften sie das Universum auf der fortwährenden Suche nach Bündnispartnern, die sie studieren und mit denen sie Erkenntnisse austauschen konnten. Die Margoruul schienen davon besessen zu sein, das Wesen des Universums und der sich darin befindlichen Lebens- und Entwicklungskraft zu ergründen. Es ging ihnen darum, die Möglichkeiten der Existenz zu immer höheren und intensiveren Formen zu steigern. Satorus Ausführungen ließen darauf schließen, dass die Margoruul im Zuge ihrer Bemühungen mittlerweile einen unglaublich hohen technischen Standard erreicht hatten. Hiervon profitierten auch ihre vielen

Bündnispartner, mit denen die Margoruul im Rahmen einer Konföderation kooperierten. Wenn dem Planeten Erde keine solch fatale strategische Bedeutung zugekommen wäre, hätten die Menschen schon jetzt ein weiterer Bündnispartner der Aliens werden können. Stattdessen stellte die Erde in diesem Teil des Universums einen idealen Rohstofflieferanten für den Ausbau und die Festigung der dringend benötigten Infrastruktur der Konföderation dar. Aufgrund der dringlichen Lage, die Satoru nicht bereit war, näher zu erörtern, hätten die Margoruul sich entgegen ihrer üblichen, friedliebenden Gepflogenheiten entschlossen, einen großen Teil der Spezies Mensch für ein höheres Ziel zu opfern. Der Teil der Menschheit, der erhalten werden und als späterer Bündnispartner fungieren sollte, wurde durch ein undurchdringliches Kraftfeld von den unglücklichen Todgeweihten abgegrenzt, die noch das Gebiet bevölkerten, in dem die Margoruul später in umfassender und drastischer Weise Rohstoffe abbauen würden. Um das entsprechende Gebiet zu entvölkern, wurde eine verheerende Seuche eingeschleust, die innerhalb einer relativ kurzen Zeitspanne nahezu alles organische Leben im riesigen Abbaugebiet dahinraffen würde.

Die Wahl, die Satoru mir nun ließ, war die, entweder auf meinem Heimatplaneten zu bleiben und täglich einen letztlich aussichtslosen Kampf ums Überleben zu führen oder mit ihm zu seinem Planeten zu kommen und dort ein neues Leben zu beginnen.

Blende

Im Raumschiff der Aliens wurde ich freundlich und zuvorkommend behandelt. In der Regel traten mir die

Margoruul sehr interessiert und zuvorkommend gegenüber. Nur ein einziges Mal aktivierte eines der Aliens die Überwachungstechnik, die mir bei meiner Ankunft auf dem Schiff in den Unterarm implantiert wurde. Zum Ende einer lebhaften Diskussion bedrängte ich mein Gegenüber vehement, mich bei der Rettung des von den Margoruul todgeweihten Teils der Menschheit zu unterstützen. Als ich immer zorniger und fordernder wurde, begann das Armband, das sich um mein Implantat spannte, rot zu leuchten. Woraufhin das von mir bedrängte Alien einen Finger auf sein eigenes Armband legte und mir offenbar ferngesteuert mittels meines eigenen Implantats einige beruhigende neuronale Impulse verabreichte, denen mein Zorn nicht standhalten konnte.

Welch große Macht mein Implantat über mich hatte, bekam ich allerdings schon vorher zu spüren. Immer, wenn ich mich an Bord des Schiffes entgegen der Warnhinweise einem mir verbotenen Gegenstand oder Bereich näherte, warnte mich mein Armband durch ein Piepen. Wenn ich das Piepen ignorierte und mich weiter näherte, verkrampfte sich meine Muskulatur beinahe komplett und ein zunehmend stechender Schmerz breitete sich in meinem Körper aus. Beinahe bewegungsunfähig und von immer heftigeren Schmerzen erfüllt, blieb mir dann nichts anderes übrig, als den verbotenen Bereich schnellstmöglich zu verlassen.

Wie mir Satoru erklärte, hätte er mir über mein Implantat auf Wunsch aber auch positive Gefühle zuführen können. Obwohl ich immer wieder von diffusen Ängsten und Schuldgefühlen geplagt wurde, machte ich von dieser Möglichkeit jedoch keinen Gebrauch. In meiner Situation schien es mir ratsamer, aufmerksam zu bleiben und meine emotionalen Befindlichkeiten in stimmiger Weise achtsam zu durchleben und zu ergründen. So fühlte ich mich immer wieder schuldig, meine Mitmenschen zurückgelassen zu haben. Obwohl ich auf der Erde kaum etwas für sie hätte tun können, fühlte ich mich beinahe wie ein Verräter. Auch der Gedanke, auf diesem Wege nach der Möglichkeit einer Rettung meiner Mitmenschen zu forschen, verschaffte mir keine Linderung. Immer wieder kam es mir vor, als hätte ich jemanden im Stich gelassen. Es kam mir vor, als würde ich durch mein Abweichen die Vorbestimmtheit meines Schicksalkollektives verraten. Dass es mir nicht gelang, die Margoruul zur Rettung von zumindest einem weiteren Teil meiner Mitmenschen zu veranlassen und es mir auch ansonsten nicht glückte, lindernd auf die Situation einzuwirken, lastete zusätzlich auf meinen Schultern. Obwohl Satoru mir angesichts meines Schmerzes immer wieder anbot, mir mittels neuronaler Impulse über mein Implantat Linderung zu verschaffen, lehnte ich weiterhin konsequent ab. Denn dies war mein Schmerz. Ich selbst war seine Sinnhaftigkeit. Nur durch mich konnte er sich entwickeln und neue Potenziale erschließen. So war mein Schmerz für mich ein Teil der speziellen Logik meines aktuellen Seins, aus dem heraus ich mir wohl ein neues Selbst erschließen musste.

Blende

Nachdem mich die ewige Stille und Kälte des Universums, durch die das Schiff der Margoruul scheinbar ziellos dahinglitt, zunehmend stärker bedrückte, nahm ich Satorus kürzlich gemachtes Angebot einer temporären neuroemotionalen Vereinigung dankend an. Mittels dieses

Verfahrens sollte mein Gehirn zeitweise mit dem Satorus verknüpft werden. Durch eine technisch hergestellte neuronale Verschaltung sollten Impulse, die von meinem Gehirn ausgingen, auch neuronale Anteile in Satorus Gehirn passieren und umgekehrt. Wie genau die hirnübergreifenden Assoziationen technisch bewerkstelligt werden sollten, wurde mir nicht näher erklärt. Dass das Verfahren für beide Seiten erkenntnistechnisch sehr befruchtend sein sollte, konnte ich hingegen gut nachvollziehen. Dennoch war mir etwas mulmig, als ich festgeschnallt auf einer Trage lag und über einen Helm mit zahlreichen Schläuchen daran mit dem reptilienartigen Satoru verbunden wurde. Dass ich gleich teilweise durch die Hirnwindungen eines fremdartigen Aliens denken und dieses seinerseits irgendwelche Impulse durch mein Hirn jagen würde, machte mich nervös. Einerseits war mir nicht klar, ob ich durch die technische Umsetzung des Verfahrens einen gesundheitlichen Schaden zu befürchten hätte, andererseits wusste ich nicht, inwieweit und in welcher Weise mich die bevorstehende Erfahrung möglicherweise verändern würde.

Kurz nachdem die Helme eingeschaltet wurden, konnte ich feststellen, wie sich mein Bewusstsein etwas eintrübte. Dafür stiegen intensive Bilder aus der Tiefe auf. Zunächst sah ich einen Freund aus Kindergartentagen. Er lächelte mir zu und streckte mir ein Spielzeugauto entgegen. Als sich der Himmel schlagartig grünfärbte und sich Gewitterwolken verdichteten, zog er seine Hand zurück und starrte in den Himmel. Grüne Blitze zuckten auf die Erde nieder. Obwohl der Sturm immer heftiger zu wüten begann, suchte mein Freund nicht den Schutz des Kindergartengebäudes.

Stattdessen bewegte er sich neugierig aufs freie Feld hinaus. Als dicke grüne Tropfen auf die Erde niedergingen, breitete er seine Arme aus und ließ sich lächelnd das Gesicht beregnen. Wie mir auffiel, verdichteten sich die Regentropfen allmählich zu seinen Füßen. Sie sammelten sich um ihn zu einer größer werdenden Pfütze und krochen schließlich an seinen Beinen empor. Jede Stelle, die sie passiert hatten, verwandelte sich sogleich in Reptilienhaut. Zu meinem Entsetzen ließ mein kindlicher Freund dies amüsiert mit sich geschehen. Er stand einfach nur da und sah lächelnd zu, wie er nach und nach komplett von Reptilienhaut überzogen wurde. In dem Moment, in dem er seinen Kopf hob, um zu mir herüberzublicken, verwandelte sich sein Gesicht plötzlich in meines. Als unsere Blicke sich trafen, sandten unsere Körper eine violette Strahlung aus, die unsere Umgebung komplett verwandelte. Infolge der Strahlung, die die Szenerie beleuchtete, schienen wir uns nun auf einem fremdartigen Planeten zu befinden. Über dem Planeten lag ein beeindruckender Sternenhimmel. Als wir in den Himmel blickten, schien es, als wären einige Planeten gerade dabei zu verglühen. Die Tränen, die sich in den Augen meines Gegenübers sammelten, schienen diesen Eindruck zu bestätigen. Nachdem einige Tränen die mit Reptilienhaut überzogenen Wangen meines Freundes hinuntergeronnen waren, benetzte er sich mit ihnen die Finger. Als er sodann die Hände gegeneinander rieb, begannen diese, blau zu leuchten. Und als er anschließend die Arme ausbreitete, schossen den unzähligen Sternen und Planeten aus seinen Händen Strahlen entgegen. Die blauen Strahlen wurden von den Himmelskörpern reflektiert und kehrten als goldene Energiestrahlung zu unserem Planeten zurück. Aus dem einen Punkt, in dem sich die unzähligen eintreffenden Strahlen trafen und bündelten, erwuchs ein Ei, dessen Oberfläche energetisch flirrte. Als sich das Ei zu schälen begann, trat ein Gehirn hervor, das dank der Energie der eintreffenden Strahlen stetig wuchs und zunehmend heller leuchtete. Irgendwann war die komplette Umgebung in gleißendes Licht gehüllt. Die Strahlung, die von dem Gehirn ausging, speiste mich mit unglaublich intensiven Glücksgefühlen. Es schien mir, als würde mein ganzer Körper nach und nach von Wärme und Frieden erfüllt.

Das Nächste, was ich wahrnahm, war die Hand eines Margoruul an meinem Arm. Er beugte sich über mich und sagte mir, dass die Zeit nun um sei. Da es meine erste neuroemotionale Vereinigung gewesen sei, habe man eine verkürzte Zeitspanne veranschlagt. Bei den nächsten Malen könne die Dauer gesteigert werden. Zeitgleich mit den Worten des Margoruul verblassten die Bilder vor meinem inneren Auge. Offenbar wurde die Technik, die mein Gehirn mit dem von Satoru verband, gerade heruntergefahren.

Blende

Zu meiner großen Frustration war es mir nicht gelungen, die Margoruul zur Rettung des durch deren Seuche bedrohten Teils der Menschheit zu bewegen. Immer wieder sagte man mir, ihr Opfer sei zum Wohle der Konföderation leider unausweichlich gewesen. Aufgrund der überwachenden Funktion meines Implantates war es mir nicht einmal möglich, gewaltsam dagegen vorzugehen. So hatte ich die ersten Wochen auf Kraptok, dem Planeten der Margoruul, größtenteils damit zugebracht, mich immer wieder angestrengt mit der Frage zu martern, wie ich meinen Mitmenschen doch noch helfen könne. Laut Satoru seien inzwischen jedoch sicherlich alle Menschen im betreffenden Gebiet gestorben und der Abbau der dringend benötigten Rohstoffe habe begonnen. Dank der Rohstoffe und der sonstigen gewonnenen Ressourcen könnten nun letztlich sehr viele Leben gerettet werden – welch grausame Ironie.

Auf Kraptok durfte ich mich frei bewegen und nach Belieben am sozialen Leben teilnehmen. Die Überwachung über mein Implantat war praktisch die einzige Einschränkung, die ich erdulden musste. Untergebracht war ich in Satorus Wohnung. Die technische Ausstattung war beeindruckend und für mich zunächst kaum überschaubar. Immerhin war ich schnell in der Lage, mittels des Equipments meine Grundbedürfnisse an eine eigenständige Lebensführung zu stillen. Was mir blieb, war der Schmerz, der sich inzwischen doch etwas zu tief in meine Identität gefressen hatte. Um ihm beizukommen, musste ich mich neu erfinden. Hierzu nutzte ich so oft es ging die Möglichkeit der neuroemotionalen Vereinigung. Interessanterweise lebten auf Kraptok neben den Margoruul noch viele Wesen von anderen Planeten der Konföderation. Mich mit ihnen neuroemotional zu vereinigen, eröffnete mir unglaublich befruchtende geistige Welten, dank derer ich mich weit über die Grenzen meines früheren Ichs hinaus entwickelt hatte.

Eines Tages erhielt ich von meinem Dienstleister für neuroemotionale Vereinigung eine Benachrichtigung, dass ein weiterer Mensch für eine Vereinigung zur Verfügung stehe. Froh, seit so langer Zeit wieder einmal einen

Menschen treffen zu können, bestätigte ich den angebotenen Termin sofort. Als ich im Institut ankam, wurde ich von Freude übermannt. Vor mir stand Smirda. Sie war gerettet worden. Voll Dankbarkeit trafen wir uns in der Mitte des Raumes zu einer innigen Umarmung. Es tat unendlich gut, sie zu spüren und an mich zu drücken. Mein ganzer Körper wurde wieder und wieder von aufwallenden Gefühlen durchströmt. Mehrmals versuchte ich, aus meinem Gefühlschaos heraus anzusetzen, ihr eine der vielen in mir aufbrandenden Fragen zu stellen. Vor allem interessierte mich, wie es den anderen erging und wie sie gerettet wurde. Als ich dann bereit war, eine Frage zu stellen, machte sich einer der anwesenden Margoruul mittels eines Schmatzlautes bemerkbar. Es schien mir, als hätte er mir kurz zugezwinkert, bevor er mir anschließend den Helm für die neuroemotionale Vereinigung aufsetzte. Nachdem auch Smirdas ausgerichtet und befestigt war, wurde die Vereinigung eingeleitet. Die letzten Dinge, die ich wahrnahm, bevor mein Bewusstsein sich eintrübte, waren – wir lagen gemeinsam auf einer Liege – die Wärme von Smirdas Körper, den ich noch immer umschlungen hielt und ihr Geruch, der mich wohlig an sonnige Kindheitstage erinnerte.

In meiner Vision stand ich Smirda auf einer kargen Planetenoberfläche gegenüber. Nach und nach erschienen viele unterschiedliche Wesen um uns herum. Kurz darauf drang ein roter Strahl aus meinem Herz hin zu Smirdas Herz. Beide Herzen leuchteten. Die Verbindung schien sie zu stärken. Allmählich nahm das rote Glühen unserer Herzen unsere ganzen Körper ein und wandelte sich schließlich ins Goldene. Die von unserer magischen Verbindung ausgehenden Strahlen trafen auch die Köpfe der Wesen, die uns umgaben. Allmählich wurden die Köpfe aller Wesen durch goldene Strahlen verbunden. Jedes Mal, wenn ein Wesen in die Verbindung aufgenommen wurde, ließ es Anzeichen von Wohlgefühl erkennen. Traurigkeit verströmte hingegen ein schwebendes, überdimensionales Auge, aus dem dicke Tränen quollen, die anschließend in den Boden sickerten. Als alle Wesen miteinander verbunden waren und goldene Strahlen die komplette Szenerie erfüllten, färbten sich die Tränen, auf die die Strahlen ebenfalls trafen violett und wunderschöne Blumen sprossen aus dem tränenbefeuchteten Planetenboden. Schon bald überzog eine dichte Blumenwiese den Untergrund und im Hintergrund schwoll ein Lied langsam an – erst sehr leise und schließlich deutlich zu vernehmen. Zu hören war Marlene Dietrich: „Sag mir, wo die Blumen sind, wo sind sie geblieben? Sag mir, wo die Blumen sind, was ist geschehen? Sag mir, wo die Blumen sind, Mädchen pflückten sie geschwind. Wann wird man je verstehen, wann wird man je verstehen? …"

Blende

Wann wird man je verstehen? Wann wird man je verstehen?

Der Weg nach Moklodonien

Refrain

Kann mir jemand sagen, wie ich nach Moklodonien
komme?

Wen sollte ich fragen? Wer kennt wohl den Weg?

Der Erste, den ich fragte,

riet, ich solle auf breiten Wegen gehen.

Denn wenn die Einsamkeit erst nagte,

würde selbst der größte Mut meist schnell vergehen.

Refrain

Kann mir jemand sagen, wie ich nach Moklodonien
komme?

Wen sollte ich fragen? Wer kennt wohl den Weg?

Der nächste Typ erklärte,

es zähle nur der Augenblick.

Denn was man auch begehrte,

er käme nicht zurück.

Refrain

Kann mir jemand sagen, wie ich nach Moklodonien komme?

Wen sollte ich fragen? Wer kennt wohl den Weg?

Eine Frau gab mir die Empfehlung,

ich solle den Pfad der Tugend gehen.

Dieser kenne keine Verfehlung.

Ich würde mein Ziel schon bald vor Augen sehen.

Refrain

Kann mir jemand sagen, wie ich nach Moklodonien komme?

Wen sollte ich fragen? Wer kennt wohl den Weg?

Eine weitere Frau flüsterte mir ins Ohr,

mein Herz würde mich schon leiten.

Eine güldene Zukunft stünde mir bevor,

denn sie würde mich gerne begleiten.

Refrain

Kann mir jemand sagen, wie ich nach Moklodonien komme?

Wen sollte ich fragen? Wer kennt wohl den Weg?

So stehe ich noch hier in finsterer Nacht.

Wie ich an mein Ziel komme, konnte mir niemand sagen.

Den Zielort hatte ich mir selbst ausgedacht.

Doch trotzdem bin ich gezwungen, nach dem Weg zu fragen.

Refrain

Kann mir jemand sagen, wie ich nach Moklodonien komme?

Wen sollte ich fragen? Wer kennt wohl den Weg?

Schaum

Neulich traute ich meinen Augen kaum,

es lag in meiner Wanne faul,

bedeckt von haufenweise Schaum,

ein Alien mit 'nem riesen Maul.

Es öffnete den hohlen Schlund

und wurde schrecklich maulig.

Raus kamen Seifenblasen – bunt.

Zerplatzten sie, dann roch es faulig.

Die vielen Tropfen

Ich fülle mein Hirn ständig mit Sinn,

dabei weiß ich gar nicht, wer ich bin.

Ich habe meine Augen ständig offen

und meine Welt macht mich betroffen.

Denn sie wirkt ständig auf mich ein.

Doch jetzt sage ich einmal nein.

Ich ziehe den Stecker einfach raus,

doch ihre Wirkung bleibt nicht aus.

Denn die Worte hallen weiter.

Vermeintlich klingt ihr Hall gescheiter,

wenn er von Spiegeln widerprallt,

doch deren Flächen bleiben kalt.

Unermüdlich wie das Meer

wogt der Geist mir hin und her,

bis ein Sturm ihn mit sich trägt,

der die Geisteshaltung prägt.

Doch mein Geist hat sich nun befreit,

von der Bürde spröder Zeit.

Lenas Großmutter

Steffen stand vor dem Spiegel und stylte sich die Haare. Heute galt es, besonders gut auszusehen, denn in einer Stunde würde er sich mit Lena treffen. Da er Lena bisher nur über das Internet kannte, versuchte er, sein Äußeres in eine Form zu bringen, mit deren Hilfe er einen bestmöglichen ersten persönlichen Eindruck hinterlassen könne. Er trug ein Hemd, dessen Kragen er lässig etwas aufstellte. Um sich trotzdem einen erwachsenen Touch zu verleihen, hatte er sich ein dunkles Jackett übergeworfen. Schließlich hatten Lenas klug ausformulierte virtuelle Nachrichten durchweg einen ungemein reifen Charakter. Dies faszinierte ihn umso mehr, da Lena, genauso wie er, erst sechsundzwanzig Jahre alt war. Das Mädchen war hübsch, intelligent und ihm offensichtlich auch sonst in einigen Dingen weit voraus.

Als Steffen in der Kneipe saß, in der sie sich verabredet hatten, war er etwas aufgeregt. Würde er den Ansprüchen seines Dates genügen können? Da sich Lena offenbar verspätete, hatte er reichlich Zeit, sich über derlei Fragen Gedanken zu machen. Als sich Steffen gerade fragte, in welche Richtung er das Gespräch später am geschicktesten lenken solle, gewahrte er an der Tür der Kneipe eine Seniorin, die direkt zu ihm herüberblickte. Da er die Frau nicht kannte, erwiderte er ihren Blick nur kurz. Dennoch schaute die Dame weiterhin unverwandt in seine Richtung. Kannte sie ihn? Er sie jedenfalls nicht. Falls sie ihn doch kannte, hoffte er, sie würde ihn in dieser Situation nicht in ein Gespräch verwickeln. Damit sie gar nicht erst auf eine solche Idee komme, vermied er es fortan, in ihre Richtung zu blicken. Trotzdem sah er aus den Augenwinkeln, wie die Dame auf ihn zusteuerte. Als die Frau direkt vor Steffen stand, blickte er sie fragend an; worauf sie ihm freundlich die Hand zum Gruß entgegenstreckte und sich mit den Worten „Hallo, ich bin Martha – Lenas Großmutter" vorstellte. Nachdem Martha Platz genommen hatte, führte sie weiter aus, sie sei in Lenas Auftrag hier: „Da meine Enkelin bei einem Treffen mit einer Internetbekanntschaft zuletzt schlechte Erfahrungen gemacht hat, hat sie diesmal mich vorgeschickt ..."

„Das darf doch nicht wahr sein", dachte sich Steffen. Dabei hatte Lena über das Internet einen solch kessen und aufgeschlossenen Eindruck gemacht – und nun schickte sie ihm ihre Oma.

Martha ließ sich unterdessen nicht von der Verwirrung auf Steffens Gesicht beirren und führte fort: „Meine Lena hat einfach eine zu starke Wirkung auf Männer".

Diese Aussage hätte Steffen eigentlich am liebsten vielsagend mit neckisch bestätigendem Grinsen und schelmisch zuckenden Augenbrauen quittiert. Da er Martha noch nicht einschätzen konnte, bemühte er sich stattdessen jedoch um eine seriöse Außendarstellung.

„Ich unterhalte zu meiner Enkelin ein sehr enges Verhältnis", erklärte die Seniorin. „Im Anschluss an unser Gespräch werde ich Lena ausführlich Bericht erstatten. Wenn ihr gefällt, was sie dann zu hören bekommt, wird sie sich bestimmt auch gerne persönlich mit dir treffen."

Nachdem Steffen kurzzeitig überlegt hatte, ob er möglicherweise gerade von einer versteckten Kamera gefilmt würde, hatte er entschlossen, sich auf das Spiel der beiden Frauen einzulassen. Insgeheim hoffte er, Lena wäre schon in der Nähe und würde später, auf ein Zeichen von Martha, an den Tisch kommen. Bis jetzt konnte er das auffallend hübsche Mädchen allerdings noch nicht in der Kneipe ausmachen. Also bemühte er sich vorerst um Martha. Ihr gegenüber einen guten Eindruck zu hinterlassen, konnte eventuell noch Gold wert sein.

Die folgende Konversation erstreckte sich über zweieinhalb Stunden und beschränkte sich vorwiegend auf Marthas Interessengebiete. Über Lena hatten die beiden nur kurzzeitig zu Beginn der Unterhaltung gesprochen. Wie Steffen wähnte, würde sich dies jedoch schon bald ändern – wenn ihm Marthas Enkelin persönlich gegenübersitzen würde. Bislang lief das Gespräch jedenfalls ziemlich gut – Martha fühlte sich sichtlich wohl. Steffens Hoffnung, Lena bereits heute leibhaftig zu Gesicht zu bekommen, schien sich allerdings in Luft aufzulösen. Denn schon war die Rechnung bezahlt und es wurden warme Worte des Abschieds gewechselt. Um seinen Auftritt abzurunden, hatte Steffen die komplette Rechnung beglichen und der Bedienung überdies ein sattes Trinkgeld gewährt. Nachdem sich das ungleiche Paar nochmals vor der Kneipe voneinander verabschiedet hatte, steuerte Steffen auf sein Auto zu. Doch schon nach wenigen Metern rief Martha hinter ihm her, worauf die beiden wieder aufeinander zu traten. Mit angespanntem, um Verzeihung heischendem Blick begann Martha zu sprechen: „Ich weiß nicht, warum ich es bei dir nicht kann. Zuerst bekommst du einmal dein Geld zurück!"

Steffens Versuche zu beteuern, dass er sie doch gerne eingeladen habe, erstickt Martha sofort im Keim, indem sie mit der linken Hand energisch eine abwehrende Geste ausführte, während sie gleichzeitig mit der rechten Hand einen Schein in die Jackentasche des jungen Mannes steckte.

„Hör zu Steffen, es gibt gar keine Lena. Ich habe auch keine Enkelin."

„Was?", fiel Steffen der betagten Dame ins Wort, „das musst du mir jetzt aber ganz genau erklären!"

„In Wahrheit bin ich einfach nur eine alte Frau, die sich in ihrem Seniorenheim schrecklich langweilt. Deshalb nehme ich schon seit geraumer Zeit über das Internet – als Lena getarnt – Kontakt zu jungen Männern auf. Für gewöhnlich halte ich, nachdem ich mich während eines Treffens ausführlich mit den Männern unterhalten habe, noch kurzzeitig virtuellen Kontakt, bevor ich die Sache dann im Sande verlaufen lasse. Die angeblichen Lena-Fotos, die du zu sehen bekamst, habe ich übrigens unerlaubterweise von der Profilseite eines Mädchens, innerhalb eines sozialen Netzwerks kopiert."

Mit schuldbewusstem, um Vergebung flehendem Blick fügte sie noch hinzu: „Die Treffen mit den jungen Männern stellen für mich einfach eine angenehme Abwechslung innerhalb meines ansonsten ziemlich einförmigen Alltags dar. Sie halten mich agil."

Nachdem Steffen einige Momente erfolgreich um Fassung gerungen hatte, war er bereit, sich bezüglich der unerwarteten Wendung zu positionieren: „Ok, ok, ich bin zwar enttäuscht, verstehe aber deine Motivation. Hast du denn noch die Kontaktdaten des Mädchens, von dem die Fotos stammen?"

„Ja, die habe ich auf meinem Rechner."

„Dann möchte ich, dass du mir einerseits die Daten des Mädchens aushändigst und mir andererseits hilfst, ein paar Bekannte hereinzulegen", verlangte Steffen.

„Die Daten des Mädchens kannst du gerne haben. Doch

bevor ich mich bereiterkläre, deine Bekannten hereinzulegen, verrate mir, auf welche Weise dies geschehen soll!"

„Ich denke dabei an eine modifizierte Form deiner Masche."

Etwa zwei Wochen später war den beiden nach sorgfältiger Vorbereitung ein Arbeitskollege von Steffen, der diesem seit jeher unsympathisch war, ins Netz gegangen. Beim vereinbarten Treffen traf der Ahnungslose statt, wie von ihm erwartet, auf Lena, auf deren vermeintliche Großmutter. Martha bot bei dieser Gelegenheit eine reife schauspielerische Leistung. Sie mimte eine sehr dominant auftretende, distanzlose Rentnerin. Um das offensichtlich bestehende Unwohlsein ihres Gegenübers noch zu verstärken, filmte sie das Gespräch mit einer Kamera. Ihrem Gesprächspartner gegenüber gab sie vor, sie wolle ihrer Enkelin durch den entstehenden Film ermöglichen, einen aussagekräftigen Eindruck bezüglich des Aspiranten zu gewinnen. Hierzu stellte sie unentwegt unangemessen intime Fragen zu amourösen Themen und Vorlieben. Schon nach kurzer Zeit hatte die Durchblutung der Wangen des in die Enge getriebenen jungen Mannes merklich zugelegt. Steffen bog sich vor Lachen, als er das Video später zu sehen bekam. Dass sein Arbeitskollege, den er während das Video lief, stellenweise fast schon bemitleidete, die Tortur so lange ertragen zu haben, zeigte Steffen, dass er und Martha zuvor über das Internet große Begehrlichkeiten in ihm geweckt haben mussten. Dennoch hatte der Verulkte das Gespräch vorzeitig abgebrochen. Der Moment, in dem er entnervt aufstand, um zu gehen, stellte für Steffen, humoristisch gesehen, den Höhepunkt des Films dar.

Ein weiterer Bewerber um die Gunst der fiktiven Lena musste mehr als ausführlich seine moralischen Überzeugungen darlegen und rechtfertigen. So nötigte ihm die äußerst penibel agierende Martha beispielsweise eine Diskussion darüber ab, ob es moralisch zu vertreten sei, dass er Tierfleisch esse, die zäher war als so manches in der Pfanne vergessene Schweineschnitzel. Für Steffens Erheiterung sorgte diesmal ein während des Treffens heimlich angefertigter Tonmitschnitt.

Nachdem sie auf ähnliche Weise noch zwei weitere junge Männer hereingelegt hatten, waren Martha und Steffen in „ihrer Kneipe" verabredet. Steffen hatte sich vorgenommen, sich für sein Auftreten bei ihrer letzten Begegnung zu entschuldigen. Obwohl Martha geäußert hatte, sich inzwischen „zu instrumentalisiert und manipuliert" vorzukommen, hatte er noch zusätzlich Druck aufgebaut, gemeinsam noch ein weiteres Treffen mit einem Bekannten abzuhalten. Da ihm bewusst geworden war, dass er es hiermit übertrieben hatte, wollte er den Druck wieder von Martha nehmen. Dennoch hoffte er insgeheim, dass sie sich doch noch für das geplante Vorhaben begeistern könne. Schließlich hatte er diesmal einen Typen an der Angel, den er schon seit Jahren regelrecht hasste.
Doch überraschenderweise erschien statt der erwarteten Seniorin ein hübsches junges Mädchen an seinem Tisch. Das Mädchen, das sich als „Anna" vorstellte, erklärte, Martha hätte sie geschickt. Die Rentnerin habe ihr von den gemeinsamen Machenschaften erzählt und vorgeschlagen, sie solle Steffen einmal persönlich kennenlernen. Obwohl Steffen der Anwesenheit des Mädchens – angesichts seiner Erfahrungen mit Martha – noch etwas skeptisch

gegenüberstand, freute er sich darüber. Annas Gestik und Mimik zufolge hatte sie sogar Interesse an ihm.

Doch schon kurz darauf wurde ersichtlich, dass ihn Martha ein weiteres Mal hintergangen hatte. Sie musste wohl wirklich noch verärgert über seine jüngsten Vereinnahmungen ihr gegenüber gewesen sein. Darauf schloss er zielsicher, als er die vier Bekannten, die er mithilfe der Seniorin hereingelegt hatte, gemeinsam in die Kneipe kommen sah. Wie zu befürchten war, kamen die Geprellten zu Anna und ihm an den Tisch. Zur Begrüßung erntete Steffen nur böse Blicke, während Anna jeweils mit einer innigen Umarmung und Küssen auf beide Wangen bedacht wurde. Nachdem die Männer Cocktails und teure Zigarren bestellt hatten, überhäuften sie Steffen mit Vorhaltungen und Herabwürdigungen. Als der Spott nach einiger Zeit fast unerträglich geworden war, entwand sich Steffen diesem zumindest kurzfristig, indem er die Toilette aufsuchte. Als er sich dort etwas gesammelt hatte, beschloss er, anschließend seine Rechnung zu bezahlen und nachhause zu gehen. Zurück im Gästeraum der Kneipe erkannte er allerdings sofort, dass ihm die anderen zuvorgekommen waren. Auch Anna saß nicht mehr am Tisch. Angesichts dieses Anblicks hatte er nicht den geringsten Zweifel, dass es nun an ihm war, die komplette Rechnung der kleinen Gesellschaft zu begleichen.

Nachdem der erste Ärger etwas abgeklungen war, musste Steffen beim Gedanken an die rüstige Seniorin, die ihn nun schon zum zweiten Mal geleimt hatte, sogar etwas schmunzeln.

Unterdessen saß Martha an einem der Computer ihres Seniorenheimes und schmunzelte ebenfalls. Voller

Vorfreude war sie gerade dabei, sich unter dem Pseudonym „Bolle" bei einem Punkernetzwerk zu registrieren.

Auf meiner Träume Wiesen

In deinen Augen sah ich der Sterne Schimmer funkeln.

Lagst unter mir im Gras – so still und so rein.

Den Bach in der Ferne, den hört ich es munkeln.

Das muss sie, die Liebe der Sehnsüchtigen sein.

Refrain 1

Auf meiner Träume Wiesen sah eine Blume ich sprießen –

ein Geschenk von dir, ich behalte sie in mir.

Der Hauch deiner Lippen ließ die Wangen mir erschaudern.

Ein sanfter Kuss im Licht der Ewigkeit.

Vergessen war nun all Zagen und Zaudern,

oh du schönste Träne auf dem Anlitz der Zeit.

Refrain 1

Auf meiner Träume Wiesen sah eine Blume ich sprießen –

ein Geschenk von dir, ich behalte sie in mir.

Doch des Lebens Wellen haben uns mit sich genommen.

Die Umarmung unserer Seelen ist leider gelöst.

Das Lied des Wandels, wir haben es vernommen.

Die Fackel der Liebe, sie wurde gelöscht.

Refrain 2

Der Moment ist verflossen, Tränen wurden vergossen,

doch auf meiner Träume Wiesen sah eine Blume ich
sprießen –

ein Geschenk von dir, ich behalte sie in mir.

Der Moment ist verflossen, Tränen wurden vergossen,

doch auf meiner Träume Wiesen sah eine Blume ich
sprießen –

ein Geschenk von dir, ich behalte sie in mir.

Bis seine Sonne wieder scheint

Was nutzt die Liebe in Gedanken,

wo deren Schranken trunken wanken,

wenn auch die Herzen sich verzehren

nach unserer Schmerzen Aufbegehren –

nach unserer Schmerzen Aufbegehren,

nach unserer Schmerzen Aufbegehren.

Bis sich die Seelen neu verzweigen

stehen treu in teuren Reigen

Spalier die weiß bemalten Schatten,

die unter mattem Schweiß sich gatten,

sobald der Regen in uns fällt –

sobald der Regen in uns fällt,

in uns fällt ... in uns fällt.

Würde der Kampf uns kämpfend machen,

würde Liebe in uns lachen,

so wäre der Trug aus sich geboren,

doch müsste schmoren vor den Toren,

die der Geist hat sich entstellt –

die der Geist hat sich entstellt.

Wo ist die Täuschung, die ich suche?

Wann kommt der Tag den ich verfluche?

Ich träum den Traum, um ihn zu nichten,

kann auf die Zweifel nicht verzichten.

Doch ich werd ihn ewig ehren,

mich seines Schattens zehren lehren,

bis seine Sonne wieder scheint –

bis seine Sonne wieder scheint,

bis seine Sonne wieder scheint.

Sie

Sie blickt auf die Welt aus finsterer Nacht,

die Schminke verwischt, lange nicht mehr gelacht.

So sieht er sie an, ihr Schmerz rührt sein Herz,

ihre Züge so zart, im Schimmer der Kerz.

Es laufen ihr die Tränen in Strömen über die Wangen.

Es sticht ihr das Herz vom ständigen Bangen.

Ihr Hemd bedeckt kaum die volle Brust.

Sein Atem wird schwer, es steigt an die Lust.

Bewegung

So lässt die Sehnsucht mich wieder nicht rasten.

Mit geschlossenen Augen werde die Gefühle ich tasten.

Die Wellen in mir, sie werden mich weiter tragen,

Lüste mich erfreuen und Zweifel mich plagen.

Voll Stolz gehe ich mein Leben auf dem Pfade der Triebe.

Ich möchte nicht rasten, selbst wenn es ewig so bliebe.

Der Batman des Lötzendorfer Bierzeltfaschings

Dass sein Batmankostüm bei bestimmten Bewegungen unangenehm an den Hinterbacken rieb, hatte Koni erst auf der Party bemerkt. So war die Ankündigung, er werde sich gleich auf der Tanzfläche den Arsch aufreißen, um bei dem liederlichen Ghettoschneewittchen zu landen, wörtlicher gemeint, als sie von seinen Kumpels verstanden wurde. Aufgrund eindeutiger sensorischer Rückmeldungen aus seinen Sitzflächenschonern – wie er zu sagen pflegte – beließ er es anschließend auf der Tanzfläche jedoch bei einigen „Sechzigerjahre-Batman-Adam-West-Gedenk-Tanzeinlagen", die von den fragend dreinblickenden, umstehenden Banausen offenbar nicht als solche erkannt wurden. Um weitere unnötige Abschürfungen zu vermeiden, ging er anschließend sofort zum Angriff über. „Hey Schneewittchen, da ich nicht deine böse Stiefmutter bin, kannst du unbesorgt Apfelkorn mit mir trinken. Anschließend kannst du sogar von meinem Tellerchen essen und in meinem Bettchen schlafen, ohne dass ich einen Zwergenaufstand veranstalte."

„Häh …", antwortete das kesse Schneewittchen, auf dessen linken Oberarm Koni aus der Nähe betrachtet, nun die tätowierten Worte „Dosenbierqueen of Lötzendorf" entziffern konnte. Nachdem sich die bieradlige Lötzendorfer Märchenwaldschnitte etwas gefangen hatte, fügte sie hinzu, sie ließe Männer in Strumpfhosen nur an sich heran, um sich von ihnen entweder die Haare schneiden oder die Fingernägel maniküren zu lassen.

„Ich bin Batman, der dunkle Ritter!", rief Koni, um sich anschließend trotz wunden Hinterteils mithilfe einiger

Fledermausmoves möglichst zügig und würdevoll von der Tanzfläche zu entfernen. An der Bar angekommen und von den Freunden nach seinem Flirtversuch befragt, erklärte Koni, noch nie Gefallen an den grausamen Grimm'schen Märchen gefunden zu haben; außerdem sei es jetzt an der Zeit, zwei bis vier Liter Absinth zu saufen – einen richtigen Wermutstropfen. Nach einigen absinthen Kopfgranaten trudelte der als Luftwaffenoffizier verkleidete Peter – der schon zuvor von einigen Ethanolsalven in seinen Rachen gezeichnet war – schwer getroffen von seinem Barhocker. „Ups", lallte Henning, „wir sollten lieber aufhören, bevor es noch zu zivilen Opfern kommt".

„Üüüüberredet", bestätigte Batman Koni mit Blick auf den im Kampf gegen die Tristesse seines Alltags gefallenen Kameraden. Henning schlug vor, zur letzten Ehre des Soldaten noch einmal die deutsche Nationalhymne „Brüh im Lichte dieses Glückes" – also die Sarah Conor-Version – zu singen. Da die Originalfassung der Hymne so einprägsam ist, dass sie von hoffnungsvollen kongolesischen Fußballern schon 10 Minuten nach der Immigration beherrscht wird – sorry Sarah –, sangen sie in ihrem Vollsuff jedoch versehentlich den ursprünglichen Text von August Heinrich Hoffmann von Fallersleben. Anschließend gaben sie die Schnapsleiche zur traditionellen postalkoholischen Typoptimierung frei. Nachdem sie Peter im Zuge dieser apart feminin geschminkt hatten, platzierten sie ihn auf dem Schoß eines nach Asbach-Cola riechenden, schlafenden Bauarbeiters. Um dem neuen Paar zum gegenseitigen Kennenlernen die eisbrechende Gelegenheit zu ausgiebiger intimer körperlicher Nähe zu erhalten, nähten sie die beiden sorgfältig an ihren Hosen zusammen. Die Buchstaben „YM", die sie mit einem wasserfesten

Filzmarker auf Peters Wange geschrieben hatten, ließen sie im Gedenken an die „Village People" ihre Ergänzung in einem „CA" auf der Wange des Bauarbeiters finden – It's fun to stay at the Y-M-C-A. Um ihr wohlverdientes Amüsement noch etwas zu steigern, wetteten Koni und Henning darauf, welcher der beiden Zusammengenähten später aus seiner Hose schlüpfen müsse. Für den Fall, dass Peter sein Beinkleid verlieren würde, hatten sie zuvor auf seinen Oberschenkel vorsorglich die Worte „im Suff gehe ich gerne etwas weiter, meine Hose trägt jetzt ein Bauarbeiter" geschrieben. Da Koni und Henning sehr gespannt auf das bevorstehende Schauspiel waren und es beiden an Geduld fehlte, verkürzten sie die Wartezeit, indem sie den Schlafenden Tequila einflößten und die zugehörigen Zitronenscheiben gerollt und gesalzen in ihre Nasen steckten. Der erste, der sein Gesicht verzog und die Augen aufriss, war Peter. Er wollte aufspringen, konnte sich aber nicht von seinem noch immer dösenden Anhängsel lösen. Als er nach einigen weiteren erfolglosen Versuchen in die immer ungehaltener lachenden Gesichter seiner Kumpels blickte, geriet er in rasende Wut. In diesem Zustand wirkte er, als hätte er schlagartig mindestens ein Promille Alkohol abgebaut. Dass er in Wirklichkeit noch genauso besoffen war wie vorher, bewies er jedoch sogleich, indem er noch mindestens zehn weitere Male vergeblich versuchte aufzustehen. Für das inzwischen umstehende Zuschauergrüppchen wurde es von Mal zu Mal lustiger, wie er immer wieder zappelnd auf den Schoß des Bauarbeiters zurücksank. Erst der Tipp eines als Zwiebel verkleideten Zwölfjährigen, doch seine Hose auszuziehen, ließ ihn seine Problemlösestrategie überdenken. Da Peter weder in der Unterhose dastehen noch von einem

Blähungen verursachenden jungen Gemüse belehrt werden wollte, entschied er sich jedoch dafür, statt seiner die Hose des bärtigen Bauarbeiters, mit dem er am Hintern vereinigt worden war, auszuziehen. Dummerweise wachte sein muskulöses Anhängsel just in dem Moment auf, in dem er gerade dessen Hosenknopf öffnete. Nun wurde es spannend; wie würde der Bauarbeiter reagieren? Dieser sah sich mit einer Zitronenscheibe in seiner Nase und mit einem nuttig geschminkten Armeeoffizier, der seinen Hintern offenbar an seinen Schoß presste und ihm gleichzeitig im Schritt herumfummelte, konfrontiert. Dass der Bauarbeiter die Situation fehlinterpretierte, wurde schon im nächsten Moment deutlich, als er seine Faust mittels eines gewaltigen Hiebs, der wohl alle etwaigen Zweifel an seiner heterosexuellen Ausrichtung zerstreuen sollte, gegen Peters rougeüberzogene linke Wange krachenließ. Nachdem er anschließend von dem zu Boden stürzenden angenähten Peter mit in die Tiefe gerissen wurde, boten die beiden allerdings ein noch verfänglicheres Bild als zuvor. Peter stützte sich auf alle viere, während der Bauarbeiter hinter ihm kniete, sich auf seinem Rücken abstützte und seinen Schoß vermeintlich gegen Peters Hintern presste. Im Bewusstsein der Wirkung des Anblicks, den er gerade bot, geriet Peter in große Wut. An Konis Adresse gerichtet schrie er „du blöder Arschficker". Woraufhin dieser nur süffisant erwiderte, wer im Glashaus sitze, solle nicht mit Steinen werfen.

In diesem Moment trat ein hübsches Mädchen hinzu und versuchte, den Bauarbeiter zur Rede zu stellen. „Schatzi, was machst du denn da?" – es war das Dosenbierschneewittchen aus Lötzendorf. Koni sah seine Chance zur Vergeltung und kam dem Bauarbeiterschatzi –

das gerade ohnehin nicht wusste, was es tat – zuvor, indem er erwiderte, ihr Partner hätte gerade erklärt, er brauche keinen Zauberspiegel, um zu erkennen, dass jeder der sieben Zwerge am Nebentisch tausendmal hübscher als der Schneewittchenklotz an seinem Bein sei. Zu seinem Troste hätte Schatzi ihn eben damit beauftragt, sich beim DJ „Do you really want to hurt me" von „Boy George" zu wünschen. Anschließend sei der Schamlose über den nun unbeaufsichtigten, bis zur Wehrlosigkeit alkoholisierten Peter hergefallen.

Beim Anblick des verstörten Schneewittchens musste Koni innerlich lächeln. Batman, der dunkle Rächer, hatte wieder zugeschlagen!

Die Maske

Du hältst mich im Arm, du liebst mich sehr,

ich kann nicht atmen, ihr kennt mich nicht mehr.

Du siehst mich an, erkennst ein leeres Gesicht,

ich senke die Augen, du siehst das Feuer nicht.

Ich verglühe fast im Meer falscher Liebe,

verleugne für euch die Forderung der Triebe.

So klopft mein Verstand an der Gefühle Tor,

öffnet mir doch, Vergebung steht euch bevor.

Refrain

Doch ich besitze ein Schwert aus dem härtesten Stahl,

gespeist von euren Worten, war die Verzweiflung sein Schmied.

Damit bin ich bestens gerüstet im Kampf gegen die Qual.

Mit diesem Schwert teile ich Welten mit einem einzigen Hieb.

Gezeichnet von den Striemen der Geiseln der Lust

spanne ich erneut die Ketten aus Verzweiflung und Frust.

Gehärtet im Feuer der dunklen Propheten,

oh, ich möchte mir selbst auf freiem Felde begegnen.

Refrain (2x)

Doch ich besitze ein Schwert aus dem härtesten Stahl,

gespeist von euren Worten war die Verzweiflung sein Schmied.

Damit bin ich bestens gerüstet im Kampf gegen die Qual.

Mit diesem Schwert teile ich Welten mit einem einzigen Hieb.

Berta, die kotzende Kuh

Da gibt es Berta, die kotzende Kuh.

Die frisst Fliegenpilze immerzu.

Und dann rennt sie durch den Wald,

bis sie gegen Bäume knallt.

Das ist Berta, die kotzende Kuh.

Wenn sich ihre Mägen drehen,

kann sie bunte Lichter sehen.

Das ist Berta, die kotzende Kuuuuuuhhhhh.

Desejo da Comunidade

Aufgewachsen ist Colia in der „Desejo da Comunidade". Seine Eltern hatten sich als Aussteiger in der ehemaligen Hippiekommune, deren Name frei aus dem Portugiesischen übersetzt in etwa „Sehnsucht nach Gemeinschaft" bedeutet, kennengelernt.

Seit den achtziger Jahren wurde das Leben auf der traumhaften Pazifikinsel, die die Gemeinschaft für sich beanspruchte, vom „Prefeito" der Kommune gelenkt. Die „Desejo da Comunidade" war dessen Projekt geworden – sein Lebenswerk. Er war es auch, der die Kommune während der ausklingenden siebziger Jahre durch seinen Einfallsreichtum vor dem Untergang bewahrt hatte. Später ließ er Marihuanaplantagen anlegen, durch welche die Kommune einen beachtlichen Wohlstand erreichte. Trotz seines kriminellen Schaffens ging es dem Prefeito allerdings nicht in erster Linie darum, sein eigenes Vermögen zu mehren. Ein Großteil der Einnahmen aus dem Drogenhandel floss in die Comunidade. Hierdurch verschaffte er dieser eine finanzielle Unabhängigkeit, die es ihm ermöglichte, weitgehend frei von äußeren Zwängen an seiner sozialen Utopie zu feilen. Da der Prefeito den Kommunenmitgliedern einen beachtlichen Lebensstandard ermöglichte, ohne dass diese hätten viel arbeiten müssen, genoss er auf der Insel im Allgemeinen hohes Ansehen. Gemäß des alten Hippiegeistes, der die Gemeinschaft noch immer prägte, legte das Inseloberhaupt sehr viel Wert darauf, ausreichend Möglichkeiten und Anreize für die geistige Entfaltung der Kommunenmitglieder zu bieten. So gab es beispielsweise immer wieder Kurse und Gruppensitzungen zu Themen wie Meditation, musikalische Improvisation, Ausdruckstanz, Malerei und Improvisationstheater. Immer um das geistige Wohl der Inselbewohner bedacht, hatte der Prefeito außerdem unter anderem eine reichhaltige Biblio- und Mediathek geschaffen. Es war ihm sogar gelungen, zur Förderung der Kinder und Jugendlichen einige Lehrer in die kleine Kommune im Pazifischen Ozean zu locken.

Wenngleich der Prefeito sehr darauf bedacht war, die Wünsche seiner Inselbürger zu erfüllen – und zu diesem Zweck auch beträchtliche Summen aus dem Drogengeschäft investierte –, wachte er dennoch streng über die Bewegungsfreiheit der Kommunenmitglieder. Wenn jemand ausreisen oder Besuch empfangen wollte, war dies zuvor ausführlich mit dem Inseloberhaupt – dessen Genehmigung es einzuholen galt – zu besprechen. Dieses Thema betreffend, war es in den letzten Jahren schwerer geworden, die Zustimmung des Prefeito zu erlangen. Statt Altersmilde walten zu lassen, schien das in die Jahre gekommene Kommunenoberhaupt unter seinen abnehmenden Kräften zunehmend resoluter danach zu trachten, sein Lebenswerk vor möglichen unerwünschten äußeren Einflüssen zu schützen.

Umso überraschender kam für Colia, was ihm der Prefeito eines Tages mitteilte.

Als er zum Kommunenführer geladen wurde, ahnte er noch nicht, was auf ihn zukommen würde. Da er den Prefeito seit frühster Kindheit kannte und schätzte, ging er positiv gestimmt zu ihm. Besonders mochte Colia die unverwechselbare und geheimnisvolle Ausstrahlung des

Kommunenoberhaupts.

Als er nun vor dem alten Mann stand, trug dieser eine weite, dunkelblaue Kurta und eine dazu passende, wallende Hose in der gleichen Farbe. Um seinen Hals hing eine Meditationskette mit Sandelholzperlen. Seine Füße steckten wie zumeist weder in Socken noch in Schuhen. Das guruartige äußere Erscheinungsbild des Prefeito wurde auf wunderbar verschrobene Weise durch seine langen grauen Haare und den hierzu passenden Bart, der aus seinem faltendurchfurchten Gesicht florierte, vervollkommnet.

Nun lag auf dem Gesicht des alten Mannes eine Art schicksalhaften Ernstes, wie ihn Colia von seinem Gegenüber nicht gewohnt war. Wie sich kurz darauf zeigen sollte, spielte der Prefeito in dieser Situation – passend zu seinem Gesichtsausdruck – selbst die Rolle des Schicksals. Er sprach: „Colia, du befindest dich an einem Scheideweg deiner persönlichen Entwicklung, an welchem dir eine erschütternde Unfreiheit aus deiner lähmenden emotionalen Zeitenverworrenheit helfen wird. Ich schicke dich von der Insel …"

„Wohin?", unterbrach Colia erschrocken.

„Ich gebe dir die Adresse eines Freundes auf dem Festland. Er ist Herausgeber eines subversiven politischen Magazins. Außerdem plant er, auf einer Insel südlich von hier eine weitere Kommune zu installieren. Du könntest gegebenenfalls der Prefeito dieser Kommune werden. Ich sage „gegebenenfalls", da du hierüber natürlich frei befinden kannst. Fest steht lediglich, dass du die Desejo da Comunidade verlassen wirst. Da ich deine Offenheit und Wissbegierde kenne, bin ich mir sicher, dass du meinen Freund früher oder später aufsuchen wirst."

„Und was wird dann aus Antoniella?", fragte Colia zaghaft.

Der Prefeito neigte den Kopf leicht nach rechts und antwortete in wohlwollendem Tonfall: „Ich bin sehr gut über deine Lage informiert. Du empfindest die Beziehung zu deiner Freundin als in Gesten erstarrt. Die gegenseitige Vertrautheit, die dich bindet, trennt dich schon gefährlich lange vom Ideal deines Naturells. Nachts rebelliert dein Geist gegen die Fügungen der äußeren Welt. Deshalb erwarte ich von dir kaum Gegenwehr, wenn ich dich –zu deinen Gunsten – allein und auf unbestimmte Zeit von der Insel schicke."

Tatsächlich sah Colia nach den entwaffnenden Worten des Preifeto davon ab, seinen stürmisch aufwallenden Gefühlen verbal entsprechenden Ausdruck zu verleihen. Nachdem er noch einige inhaltliche Fragen gestellt hatte, verließ er das Haus des Kommunenoberhaupts.

Am Abend lagen sich Colia und Antoniella weinend in den Armen. Während sich Colia durch den Sturm seiner mächtigen Gefühle quälte, war seine Freundin von Wut und Hass auf den Prefeito erfüllt. Er hatte ihr den Boden unter den Füßen weggezogen. Auch ihre Vision von einer gemeinsamen, glücklichen Zukunft schien mit einem Mal in eine bodenlose, dunkle Ungewissheit zu stürzen. Doch so einfach würde sich Antoniella nicht geschlagen geben – sie würde kämpfen.

Colia hingegen wusste, dass er nicht wirklich kämpfen würde. Auch wenn er nun größte Seelenqualen durchlitt, wusste er, dass diese Situation durch ihn entstanden war. Es schien fast, als hätte sein Inneres auf verborgenen Wegen einen gewissen Einfluss auf den Prefeito erlangt. Colia spürte, dass er selbst der Motor dieser Entwicklung war, die sein Bewusstsein allenfalls etwas bremsen konnte. Deshalb fühlte er sich schuldig.

In den folgenden Tagen hatten Colia und Antoniella immer wieder beim Kommunenoberhaupt vorgesprochen. Antoniella war bei diesen Gelegenheiten stets sehr enttäuscht, dass Colias Engagement deutlich hinter ihrem zurückblieb. Dennoch intensivierte sie ihre wütenden Bemühungen weiter und weiter.

Obwohl der Prefeito von Anfang an wusste, dass er durch seine von Außenstehenden kaum nachvollziehbare Entscheidung, Colia von der Insel zu schicken, innerhalb der Kommune viele Sympathien verlieren würde, blieb seine Position unverrückbar.

In einem Zweiergespräch am Vorabend von Colias Abreise fand der Prefeito noch einmal persönliche Worte: „Colia, du fragst dich sicher, wieso ich auf meine alten Tage durch solch eine scheinbar unerbittliche und schwer zu begründende Anordnung meinen Ruf aufs Spiel setze. Schließlich werde ich nach deiner Abreise fast zwangsläufig mit Unverständnis, Feindseligkeit und Zweifeln an meiner geistigen Verfassung konfrontiert werden. Zu sehr widerspricht mein Handeln in diesem Falle der von mir propagierten toleranten Philosophie der Kommune.

Doch ich habe deine Entwicklung genau beobachtet. Sie verlief deutlich rasanter und beeindruckender als bei den übrigen Kommunenmitgliedern. Niemand konnte beispielsweise auch nur annähernd so stetig und effektiv Gewinn aus meiner Technik zur Persönlichkeitsentwicklung durch kreative Visualisierung ziehen. Vermutlich hast du die Technik in entscheidender Weise weiterentwickelt. Dadurch hast du gelernt, dass Großes in dir steckt. Doch an diesem entscheidenden Punkt deines Lebens drohen dich deine ansonsten so wertvollen, emotionalen Bindungen von deiner steilen Bahn abzubringen. Wenn ich dich nun aus dem Bannkreis dieser alten Bindungen ziehe, wirst du intuitiv nur noch tiefe emotionale Verknüpfungen eingehen, die auch tatsächlich mit deinem starken Entwicklungsprozess harmonieren. Ich glaube zu spüren, dass du Großes erschaffen wirst."

Nach ihrer letzten gemeinsamen Nacht lagen Colia und Antoniella eng umschlungen in ihrem Bett, als zwei Kuriere des Prefeito an der Tür der Hütte klopften.
Die Kuriere geleiteten Colia etwas später nicht unfreundlich, aber bestimmt zu einem bereitstehenden Wasserflugzeug. Die Pistolen, die sie in ihren Hosenbünden trugen, verliehen ihren Anweisungen Nachdruck.
Am Flugzeug entwickelte sich eine herzzerreißende Abschiedsszene, die selbst einem der Kuriere einige Tränen in die Augen trieb.

Auf dem Festland angekommen, war Colia völlig im Gefühlschaos versunken. Hinter ihm lag ein schmerzlicher Verlust, vor ihm die blanke Ungewissheit. In ihm rangen Empfindungen wie Schuld und Erleichterung um die Oberhand. Was sollte er nun tun? Glücklicherweise hatte der Prefeito ihm neben der Adresse des Zeitungsverlegers einen großzügigen Geldbetrag zur freien Verfügung überlassen.

Um Orientierung in seiner neuen, weiten Lebenswelt zu finden, beschloss Colia zuerst einmal, auf unbestimmte Zeit zu reisen. Um dabei möglichst schnell Menschen kennen zu lernen, entschied er sich – nachdem er zuvor drei Wochen in Hotels zugebracht hatte – für das so genannte „Couchsurfing", eine Form des Reisens, für die er sich schon auf der Insel interessiert hatte. Im Internet fand er schnell eine Seite, über die Privatpersonen kostenlose Übernachtungsmöglichkeiten anboten.

Als Erste gewährte ihm eine ältere Dame aus Argentinien auf diese Weise Unterkunft. Interessanterweise hatte sie zu diesem Zeitpunkt eine Statistenrolle in einer düsteren filmischen Zukunftsvision inne. Während der Szene, in der sie mitspielte, beriet ein weltpolitisch hochrangig besetztes Gremium darüber, wie der drastischen Bevölkerungsexplosion auf der Erde entgegengewirkt werden könne. Im Film war die Entwicklung bereits so weit fortgeschritten, dass das rasende Bevölkerungswachstum zu erdrückenden humanistischen, ökologischen und sozialen Problemen führte. Das verzweifelte existenzielle Bestreben, die Welt vor dem drohenden Kollaps zu bewahren, hatte zu einem radikalen Zeitgeist geführt.
Während der Lieblingssequenz der älteren Dame spuckte ein Schauspieler einem anderen, der ebenfalls einen Politiker mimte, ins Gesicht.

Nach etlichen Aufenthalten in südamerikanischen Ländern verschlug es Colia nach Europa.
In Frankreich fand er beispielsweise Unterschlupf in einer Dreier-WG, in der ein vertracktes soziales Gefüge herrschte. Den Großteil ihres Zusammenlebens schienen die WG-Mitglieder mit dem Versuch zuzubringen, sich durch Abwertung der jeweils anderen beiden über selbige zu erheben. Colia schienen sie hierbei als unbeteiligtem

Beobachter in gewissem Sinne die Rolle eines Schiedsrichters beizumessen. Jedenfalls buhlten sie offenbar, zumindest unbewusst, um seine moralische Unterstützung. Da Colia allerdings nicht die geringste Lust hatte, in solcher Weise instrumentalisiert zu werden, verließ er die WG bereits nach drei Tagen wieder.

Eine Wohngemeinschaft ganz anderer Art erlebte er einige Wochen darauf in Japan. Wenige Kilometer von Fukuoka entfernt, teilten sich einige Künstler ein malerisch in einer Waldlichtung gelegenes Haus. Praktischerweise gehörte das Haus einem reichen Förderer, der die Künstler mietfrei darin wohnen ließ. Colia fühlte sich dort sofort wohl. Der Druck gesellschaftlicher Konventionen schien kaum an die Bewohner des abgelegenen Hauses heranzureichen. Ganz im Gegenteil, Individualität war hier Trumpf – was sich auch in den sehr speziellen Lebensentwürfen der Bewohner widerspiegelte.

Besonderen Gefallen fand Colia an Nanami, einer japanischen Künstlerin, die sich ihr malerisches Schaffen betreffend dem Kryptorealismus verschrieben hatte. Ihre würdevolle Zurückhaltung und Anmut reizten ihn ungemein.

So war die Liebesbeziehung, die sich zwischen ihnen in der Folgezeit entwickelte, der Hauptgrund, weshalb Colia schon einige Wochen später als gleichberechtigtes Mitglied in die Wohngemeinschaft aufgenommen wurde.

Da im Künstlerhaus glücklicherweise Gitarren und einiges technisches Equipment vorhanden waren, konnte er seiner Leidenschaft, dem Musizieren, ausgiebig frönen.

Nach einem Jahr hatte Colia im Alleingang bereits drei Musikalben über das Internet veröffentlicht. Dass seine

Aufnahmen vor handwerklichen Fehlern strotzten, störte ihn nicht sonderlich. Schließlich ging es ihm in erster Linie darum, sich auszudrücken, den mächtigen Vorgängen in ihm den Kanal nach außen zu bahnen, nach dem sie schon seit Langem zunehmend vehementer verlangten. Hierfür schienen ihm seine leidenschaftlichen, reduzierten Arrangements bestens geeignet. Auch wenn sich seine Alben nicht besonders gut verkauften, war Colia überglücklich, immer wieder von Neuem die Möglichkeit zu haben, etwas aus sich heraus zu erschaffen.

Um finanziell über die Runden zu kommen, arbeitete er zusätzlich in einem Bioladen.

Obwohl er sehr glücklich war, bewahrte Colia die Adresse des Zeitungsverlegers, der die neue Kommune im Pazifik inzwischen vielleicht gegründet hatte, sorgsam auf.

Von Zeit zu Zeit fragte er sich, was ihn damals abgehalten hatte, sich bei diesem Menschen zu melden; immerhin wäre er andernfalls vielleicht nun selbst Prefeito. Wie er annahm, hätte er seine Sache als Kommunenoberhaupt aufgrund seines großen Verantwortungsgefühls gegenüber anderen Menschen sehr gut gemacht. Doch eben jenes gesteigerte Verantwortungsgefühl hätte ihn wahrscheinlich auch dazu gebracht, sein Leben in erster Linie „für andere" zu leben.

Die letzte Nachricht, die Colia aus der Desejo da Comunidade erreichte, kündete vom Tod des Prefeito. Doch bis heute hatte er nicht gewagt, auf jene E-Mail zu reagieren. Nicht jetzt, da Nanami schwanger war …

Im Leihhaus der Träume

In einem Haus mit unzählig vielen Räumen

steht eine Auswahl an gebrauchten Träumen,

welche in schäbigen alten Dosen ruhen,

ähnlich wie Diamanten in modrigen hölzernen Truhen.

Refrain

Im Leihhaus der Träume

werden deine Augen leuchten wie noch nie.

Denn im Leihhaus der Träume

wirst du zum Spielball deiner Fantasie.

Und öffnest du eine dieser bedeutungsschweren Dosen,

wird deren Inhalt dir durch dein Hirn tosen.

Über dein Augenlicht werden sich Schleier legen,

vor denen sich aufregende Projektionen regen.

Refrain

Im Leihhaus der Träume

werden deine Augen leuchten wie noch nie.

Denn im Leihhaus der Träume

wirst du zum Spielball deiner Fantasie.

Es werden dir vielleicht jene Freuden beschert,

welche das Leben dir schon so lange verwehrt.

Doch bitte wähle sorgsam und sehr bedacht,

denn der Träume volle Macht zeigt sich erst in der Nacht.

Refrain

Im Leihhaus der Träume

werden deine Augen leuchten wie noch nie.

Denn im Leihhaus der Träume

wirst du zum Spielball deiner Fantasie.

Du darfst dir immer wieder neue Träume borgen.

Sie leiten dich über in einen neuen Morgen.

Das Leihen der Träume kostet zwar keinen Cent,

doch du bist und bleibst ein Konsument.

Fernsehblind

Ein Bekannter von mir huldigte einst dem Fernsehen –

auf dem Sofa liegend, auf Konsum gestellt.

Seine liebste Reality-Show war damals zu sehen –

ein geschützter Blick durch das Guckloch der Welt.

Doch als die Werbung begann, wechselte er das Programm.

So sah er einen Mann, der ihm bekannt vorkam.

Gebannt fixierte er den Mann, der sprach ihn mit Namen an

und flehte sogleich ohne jede Scham:

Refrain

Gib mir Sinn, gib mir ein Ziel, gib mir Leidenschaft.

Für einen feurigen Pathos will ich verglühen an der Welt.

Sei ein Mensch, der Visionen erschafft.

Du hast die Macht dazu, bitte, werde mein Held.

Der Mann auf dem Bildschirm war ein projiziertes Sehnsuchtsgebilde.

Lange unterdrückte Kräfte wurden hier frei.

Doch der Mann führte nichts Böses im Schilde.

Er war nur ein Medium für einen visualisierten Hilfeschrei.

Refrain

Gib mir Sinn, gib mir ein Ziel, gib mir Leidenschaft.

Für eine feurigen Pathos will ich verglühen an der Welt.

Sei ein Mensch, der Visionen erschafft.

Du hast die Macht dazu, bitte, werde mein Held.

Doch mein Bekannter blieb passiv und stumm.

Ohne jede Regung auf seinem Gesicht.

So schaltete er zu seiner Sendung um.

Den Widerhall der Worte beachtete er fast nicht.

Stille

Um mich herum hatte sich Stille gebettet. Sie lag einfach da, als wollte sie bei mir ruhen. Nicht saugend, nicht zehrend, nicht zerrend – sondern einfach nur da. Als tiefster Punkt eines Atemzugs vor einem Schrei. So musste die Rückseite des stampfenden Lebens klingen. Die Weite der Stille barg mir die Verheißung des Lebens – jederzeit bereit, sich triefend aus dem dunklen Hintergrund zu schälen. Doch die Erwartung blieb stumm – ein stummes Flirren an den Rändern meiner Aufmerksamkeit – und dennoch fortwährend bereit, farbenfroh in die Weite meines Raums zu brechen.

Eldorado

Ich spüre zarten Sommerregen auf den Wangen der Nacht,

hör meine Stimme in mir flüstern, so friedlich und sacht.

Sie erzählt mir von neuen Winden, die fremde Düfte in mich wehen.

Die Kraft dieser Gezeiten lässt die Sehnsucht bald vergehen.

Mein Haus der Gedanken werde ich heut in neuen Farben streichen,

nur um zu sehen, welche Synapsen dann greifen.

Denn frische Gedanken an einem sonnigen Morgen

lassen keine Zeit für den Kummer der Sorgen.

Refrain 1

Auf nach Eldorado.

Auf nach Eldoraaaaaaaaaadooooo.

Auf nach Eldoraaaaaaaadooooo.

Der Sog der Gefühle zieht die Gedanken nach sich,

die Energie meines Lebens formuliert Worte für mich.

Den Zauber der Momente, den möchte ich spüren

und keine Bedingung soll an diesem rühren.

Refrain 1

Auf nach Eldorado.

Auf nach Eldoraaaaaaaaaadooooo.

Auf nach Eldoraaaaaaaadooooo.

Über meinem ruhenden See bin ich die glühende Sonne,

dies Gefühl meiner Kraft bereitet mir Wonne.

Meine eigenen Strahlen tasten durch die Lüfte,

so reifen für mich die süßesten Früchte.

Refrain 1

Auf nach Eldorado.

Auf nach Eldoraaaaaaaaaadooooo.

Auf nach Eldoraaaaaaaadooooo.

Diese Gedanken der Gefühle, die sind, was sie sind,

doch ohne des Momentes Kontext erscheinen sie blind.

Ich spüre zarten Sommerregen auf den Wangen der Nacht,

spür die Wärme auf der Haut, die Sonne sie lacht.

Refrain 2

Auf nach Eldorado.

Auf nach Eldoraaaaaaaaaadooooo.

Wo geht es nach Eldoraaaaaaaadooooo?

Zorwok mal wieder

Es ist wieder soweit, Zorwok, der verrückte Herrscher des Planeten Kyrib, dessen Ziele niemand kennt, hat abermals zugeschlagen. Diesmal platzierte er an geostrategisch ausgewählten Plätzen unserer Erde rätselhafte, durch Schutzschilde abgeschirmte Energiekugeln. Unter dem Einfluss der schwebenden Objekte scheinen sich die elektrischen Muster in unseren Gehirnen völlig zu verändern. Neurologisch bisher unterrepräsentierte Inhalte erhalten neue Energie und bilden in rasendem Tempo erfahrungsunabhängig neue synaptische Verschaltungen. Menschen verändern sich bis zur emotionalen Unkenntlichkeit. Neulich gab der Papst sein Amt zurück, da es nicht mit seiner neu gewonnenen Bescheidenheit zu vereinbaren sei, in prachtvollen Roben herumzulaufen und sich als „Gottes Stellvertreter auf Erden" feiern zu lassen. Um den vakanten Posten bewarb sich sofort ein ehemals unscheinbarer Buchhalter aus der Lausitz. Eine Woche zuvor war der Mann noch die Demut in Person – jemand, der sich bei der Arbeit beinahe aufrieb, nur um ab und an ein kleines Lob für seinen Fleiß und seine Gewissenhaftigkeit zu ernten. Diese Zeiten sind nun vorbei. Kurz nachdem sich seinen Hirnströmen neue, deutliche Pfade auftaten, wurde der Mann bei der Arbeit von seinem gerade im Gehen begriffenen Chef beauftragt, spontan eine Überstunde abzuleisten. Zur Überraschung des Chefs antwortete der wundersam veränderte Buchhalter, er hätte keine Zeit mehr, weiterhin perspektivlos im Schatten eines von Geburt an privilegierten, zu fataler Selbstüberschätzung neigenden Jüngers der im Brustton der Überzeugung vorgetragenen Einfalt, vor sich hinzuvegetieren. Er spüre nun endlich die Kraft, die seine unter stetigem Zweifel und gesteigerter Empfindsamkeit filigran ausgebildeten Denkmuster verdient und nötig hätten, um die so häufig an ihn herangetragenen Anmaßungen stupider Herrschsucht gebührend zu zerschmettern. Seinen Status betreffend, werde er in naher Zukunft ungeahnte Höhen erklimmen. Der verdutzt zurückgelassene Chef, bei dem die neuronalen Veränderungen etwas später einsetzten, verlässt mittlerweile kaum noch sein Haus. Er ist inzwischen der festen Überzeugung, chinesische Turbokapitalisten seien darauf aus, Experimente zur Vernetzung von Unternehmerhirnen mit EDV-Anlagen an ihm durchzuführen. Der Dorfpfarrer, der zuletzt ebenfalls ganz neue Seiten an sich erkannte, bestellt seitdem mindestens einmal täglich im Namen des Unternehmers Pekingente beim Lieferservice Hongkong. Bislang wurde der chinesische Lieferjunge allerdings noch nicht vom ihn jeweils beim Auslieferungsversuch argwöhnisch durch die Rollladenschlitze beobachtenden und mit einer abgesägten Schrotflinte bewaffneten Unternehmer erschossen. Bald wird der Lieferjunge ohnehin nicht mehr kommen. An die ihn in der Vergangenheit auszeichnende Bescheidenheit denkt dieser nur noch mit Verachtung zurück. Nun plant er, eine Castingshow ins Leben zu rufen, in deren Verlauf, die Teilnehmer seiner Willkür unterworfen, gezielt lächerlich gemacht werden. Die Teilnehmer der Show sollen singenderweise ihre intimsten Geheimnisse preisgeben. Anschließend wird der Unterhaltungswert der Darbietungen von einer Riege ehemaliger Fernsehkomiker bewertet. Während der Urteilssprechung der Jury müssen die Teilnehmer vor dem Thron von „Mammon-Dieter" –

wie sich der ehemalige Lieferjunge nun nennt – knien. Dieser überzieht gemäß des Konzepts mindestens 80 % der Teilnehmer mit beißendem Spott hinsichtlich willkürlich ausgewählter Persönlichkeitsmerkmale. Der Teilnehmer, der es letztlich schafft, die Aufmerksamkeit des Publikums am längsten zu fesseln, gewinnt eine luxuriös ausgestattete Eigentumswohnung und einen Werbevertrag. Für alle anderen bleibt der Hohn, den die Fangemeinde der Show gemäß des Vorbilds von Mammon Dieter mithilfe des Internets über die Teilnehmer ergießt. Der ehemals zurückhaltende Lieferjunge ist überzeugt, dass er mit diesem Konzept Erfolg haben wird.

Andere Menschen hingegen, die bislang überreichlich mit Selbstvertrauen gesegnet waren, haben plötzlich mit ungekannten Zweifeln zu kämpfen. Wie beispielsweise ein afrikanischer Diktator, der aufgrund der im Zuge seines neuen Minderwertigkeitskomplexes ständig über ihn kommenden Grübeleien zu den Themen Moral und Sinnhaftigkeit nicht länger zum Gewaltherrscher taugt. Inzwischen kompostiert er als freiwilliger Mitarbeiter bei Amnesty International Obstreste und Teebeutel. Doch da sich zum Missfallen des Ex-Diktators auch der Charakter von Amnesty stark verändert hat, fallen gar nicht mehr so viele Obstreste und Teebeutel an. Seit die hauseigene, mittels Kinderarbeit betriebene Schnapsbrennerei richtig läuft, wird während der Pausen zu den nun regelmäßig stattfindenden Hahnenkämpfen stattdessen Hochprozentiger gereicht. Der geläuterte Gewaltherrscher entsorgt nun anstelle von Obstresten überwiegend stehen gebliebene Obstlerreste. Als er gerade ein Gläschen Himbeergeist in die Spüle kippt, denkt er sich: Zorwok, weshalb hast du das getan? Wie kannst du uns ohne entsprechende Erfahrungsgrundlage oder imaginative Eigenleistung solch umfassenden Persönlichkeitsänderungen unterwerfen? Wie kannst du es wagen, uns zu unseren verborgenen Potenzialen zu zwingen? ...

Inhalt

Text: Michael Dollinger

Covermotiv: Tithi Luadthong

Covergestaltung: Zizi Iryaspraha Subiyarta
(Pagatana)

Herstellung und Verlag:

BoD – Books on Demand, Norderstedt

ISBN 9783752895391